Der Schuhu und die fliegende Prinzessin

Erstes Kapitel

Es war ein armer Schneider, der lebte mit seiner Frau und seinen neun Kindern vom Kleidermachen; er wurde ständig schmaler, doch sein Beutel nicht dicker, und wie er sich auch plagte, er blieb immer auf der Hefe sitzen. Eines Morgens, als er wieder mit krummem Rücken auf dem Tisch hockte, trat die Nachbarin, es war die Frau des Barbiers, aus der Kammer und sagte zu ihm: »Dein Weib liegt im Bett, sie wird wieder ein Kind zur Welt bringen.«

»Das soll sie«, sagte der Schneider; »ich will indessen gehen und alle Vettern und Freunde einladen, denn es wird erwartet, daß wir einen Taufschmaus geben. Weil es aber das zehnte Kind sein wird, will ich den Bürgermeister zum Paten bitten.« Er nahm eine Menge Windelchen, Deckchen und Lätzchen aus dem Kasten; derlei Zeugs hatte er, von den anderen Kindern, genug übrig; dann lief er gaßauf und gaßab, klopfte bei denen, die er kannte, und sprach: »In meinem Haus ist was Kleines fällig, ihr seid eingeladen.«

Alle kamen, auch der Bürgermeister, der gern Bier trank.

Sie saßen Hintern an Hintern, tranken ein Faß Bier leer und warteten auf das Kind. Endlich steckte die Frau des Barbiers den Kopf durch die Tür und machte dem Schneider Zeichen mit der Hand. »Nun«, sagte der Schneider, »ist es da?« – »Ich glaube«, sagte die Frau des Barbiers. – »Du liebe Torheit«, sagte der Schneider, »ja oder nein?« – »Es ist da«, sagte die Frau des Barbiers, »aber ich frage mich, ob wir mit es beide die gleiche Sache meinen.« – »Was soll ich denn meinen?« rief der Schneider, »mein Kind natürlich.« – »Ach Gott«, sagte die Frau des Barbiers, »es ist unmöglich, hierauf eine vernünftige Antwort zu geben.«

Der Schneider ließ sie stehen und lief zu seiner Frau, die im Bett lag, ein Ei im Arm. »Das hast du bekommen?« fragte der Schneider.

»Ja«, sagte die Frau.

»Das ist dumm«, sagte der Schneider. »Das ist das letzte, womit ich gerechnet habe.«

»Vielleicht schlüpft es noch aus«, sagte die Frau.

»Das hilft uns jetzt auch nicht viel«, sagte der Schneider; »die Gäste sitzen wie unter den Dornen, sie haben schon jeden Tropfen Bier ausgetrunken.«

»Das ganze Faß«, sagte die Frau des Schneiders und rang die Hände; dabei fiel ihr das Ei aus dem Bett. Es rollte über die Dielen und verschwand unter dem Schrank. Der Schneider stocherte eine Weile lang mit seiner Elle unter dem Schrank herum, aber das Ei war bis an die Wand gerollt, und er konnte es nicht erreichen. Da ließ er es liegen und ging zurück zu den Gästen.

»Was ist«, sagte der Bürgermeister ungeduldig, »wo bleibt mein Patenkind?«

»Ach entschuldigen Sie«, sagte der Schneider, »Ihr Patenkind ist unter den Schrank gerollt.«

Da glaubte der Bürgermeister, er triebe seinen Scherz mit ihm, und ging sehr zornig nach Hause. Die Freunde und Vettern aber sahen des Bürgermeisters Zorn und fürchteten sich, und sie gingen ebenfalls nach Hause, einer nach dem andern.

Der Schneider hätt nicht sollen hoffen
Auf das, was neun Mal eingetroffen.

Zweites Kapitel

Im nächsten Frühjahr fand die Schneidersfrau das Ei beim Großreinemachen. Sie brachte es zu ihrem Mann, der, Bein über Bein, dasaß, und fragte ihn, was sie damit tun solle. »Wirf es weg«, sagte er. – »Du Gottloser«, sagte die Frau, »das dulde ich nie und nimmer, es hat uns ein Faß Bier gekostet.« – »Du hast recht, Frau«, sagte der Schneider, »ich will es als Stopfei verwenden.«

Er nahm eine alte Hose, die er flicken wollte, ließ das Ei ins Bein gleiten, ergriff Nadel und Faden und durchstach den Stoff am Knie, dort, wo das Loch war. Als die Nadelspitze das Ei berührte, ertönte eine dünne Stimme und sagte: »Vater, Sie kitzeln mich.«

Der Schneider blickte nach rechts, nach links und unter den Tisch, aber die Werkstatt war leer.

Er fuhr fort zu nähen; wieder ließ sich die Stimme vernehmen und sagte: »Hihi, Vater, Sie kitzeln mich ganz schlimm.«

»Wer spricht?« fragte der Schneider.

»Ich«, sagte die Stimme, »Ihr Sohn.«

»Wo bist du?« fragte der Schneider.

»In dem Ei«, sagte die Stimme, »aber es ist nun an der Zeit, daß ich ausschlüpfe.«

»Das kommt spät genug«, sagte der Schneider vorwurfsvoll.

»Gut Ding will gut Weile«, sagte das Ei.

Und es fuhr fort und sagte:

»Sieden Sie mich bis zum Abend in Brunnenwasser, hiernach legen Sie mich auf die Straße, und wenn Sie so verfahren sind, können Sie mich vom Schmied aufschlagen lassen.«

Der Schneider ging zum Brunnen und holte einen Kessel voll Wasser. Den brachte er auf dem Feuer zum Kochen. Er warf das Ei hinein und sott es bis zum Abend.

Zu der Stunde, da die Herden von der Weide kamen, nahm er das Ei aus dem Kessel und legte es auf die Straße. Die Rinder trotteten blökend in ihre Ställe, und jedes von ihnen trat auf das Ei. Nach den Rindern kamen die Ziegen und Schafe, zuletzt kam das Federvieh. Als die letzte Ente auf das Ei getreten war, hob der Schneider es auf und betrachtete es, und er fand einen ganz zarten Sprung in seiner Schale. »Bist du noch nicht fertig?« fragte er. – »Nein«, sagte das Ei, »so leicht ist einer wie ich nicht zur Welt zu bringen. Tragen Sie mich zum Schmied; wenn er ein starker Mann ist, werden wir sehen.«

Der Schneider trug das Ei zum Schmied und bat ihn, es zu öffnen. Der Schmied sah, daß es schon einen Sprung hatte. Er drückte es mit seinem rußigen Daumen, das Ei blieb aber heil und unverdorben. Da erboste sich der Schmied miteins über das Ei. Er warf es auf den Amboß und schlug mit dem Hammer darauf wie auf kalt Eisen. Es gab ein lautes Krachen, und die Brocken flogen dem Schneider um die Ohren. »Ist das Ei entzwei?« fragte er. – »Nein«, versetzte der Schmied, »der Hammer.«

Er ergriff den größten Hammer, den er hatte, schwang ihn mit beiden Armen über dem Kopf und ließ ihn mächtig auf das Ei herniedersausen. Die Schalen zerbrachen. Und so, wohlgelagert, ausgekocht und abgehärtet, kam des Schneiders Sohn auf einem Amboß zur Welt. Er war ein winziger Vogel, bedeckt mit einem weichen, weißen Flaum von Daunen; da saß er nun und betrachtete seinen Vater mit einem unschuldvollen Aufschlag seiner goldenen Augen.

Das kluge Küken nimmt sich Zeit.
Der kommt späte, der kommt weit.

Drittes Kapitel

Der Schneider erkannte, daß sein Sohn ein Schuhu war.

»Welche Rute habe ich mir da wieder aufgebunden«, rief er; »nicht getan damit, daß neun hungrige Kinder mir die Not ins Haus bringen, kommt das zehnte und bringt mir die Schande.« Er schalt den Schuhu mit diesen und anderen bitteren Worten und sagte, daß er ihn nicht zum Sohn wolle, und hieß ihn in die weite Welt gehen oder wohin es ihm beliebte.

»O Vater«, sprach der Schuhu, »verstoßen Sie mich nicht, ich bin ja noch immer nicht fertig. Mein Auge ist noch empfindlich, mein Federkleid noch nicht gewachsen, mein Schnabel noch weich; ich will gern in die Welt, aber dort muß man gut sehen, fliegen und hacken.«

»Aber die Leute«, rief der Schneider.

»Nehmen Sie mich ruhig in Ihr Haus«, sprach der Schuhu; »alle werden mich erblicken, und keiner wird mich sehen; denn ich werde mich ganz still verhalten und tun, als sei ich eine Uhr.«

Der Schneider steckte den Schuhu in die Tasche und nahm ihn in sein Haus. Dort stellte er ihn auf den Kamin. Der Schuhu kniff ein Auge zu und rollte langsam das andere im Kreis, so daß es, immer wenn die Uhr vom Kirchberg die volle Stunde schlug, nach oben zeigte. Auf die Art verbrachte er die Zeit, bis er fertig war, nachdenkend und schweigsam.

Wenn er das Auge nach oben rollte, dachte er über die Dinge des Himmels nach. Wenn er das Auge nach unten rollte, dachte er über die Dinge der Erde nach. Wenn er das Auge nach links rollte, dachte er über die notwendigen Dinge nach, und, rollte er es nach rechts, über die überflüssigen. So versäumte er keinen Gegenstand und blieb keine Sache unbedacht.

Alle Kunden des Schneiders aber hielten ihn für eine Uhr,

und selbst der Schneider gewöhnte sich, auf seinen Sohn zu blicken, wenn er das Gefühl hatte, die Mittagssuppe ließe auf sich warten.

Er kann sie noch am Hals nicht fassen
Und sorgt, daß sie ihn in Ruhe lassen.

Viertes Kapitel

Aber der Bürgermeister hatte die Kränkung nicht vergessen, die, wie er glaubte, der Schneider ihm zugefügt hatte. Eines Tages erschien er in der Werkstatt. Er brachte ein Stück feinsten Tuches mit, nicht größer, als eine Hand groß ist; das gab er dem Schneider und befahl ihm, daraus einen Mantel zu nähen. »Das kann ich nicht«, sagte der Schneider. – »Wie?« sprach der Bürgermeister, »du kannst keinen Mantel nähen? Du willst nicht. Aber wenn mein Mantel in einer Woche nicht fertig ist, lasse ich dir den Kopf abschlagen; darauf mach dir eine Kerbe ins Ohr.«

Das sprach er, weil er so sehr gekränkt war; übrigens kaufte er häufig so ein.

»Mein letztes Geld ist verloren«, sagte der Schneider zu dem Schuhu, der alles mit angehört hatte, »und zwar durch dich.« – »Es wird Ihnen zur Feueresse hereinfliegen«, sagte der Schuhu zu dem Schneider, »und zwar durch mich.« Er erklärte seinem Vater, was er tun müsse.

Gaßauf, gaßab lief der Schneider, klopfte bei denen, die er kannte, und borgte ihnen so viel Geld ab, wie sie ihm geben konnten. Für das Geld kaufte er feines Tuch. Von dem Tuch nähte er einen prächtigen Mantel.

Über acht Tage kam der Bürgermeister wieder. Der Schneider holte den Mantel hervor und legte ihn dem

Bürgermeister um die Schultern, und der Mantel wallte in breiten Falten zur Erde wie das Gewand eines Königs. Der Bürgermeister war mit seinem Streich sehr zufrieden; denn daß der Schneider das Tuch selbst bezahlen sollte, das hatte er gewollt. Weil er aber dem Schneider schlecht gesonnen war, fragte er: »Wo sind die Flicken von dem Tuch? Alle Schneider sind Diebe, doch ich bestehe darauf, daß du mir den Rest herausgibst.«

»Das ist nur billig«, sagte der Schneider. Er hob einen schweren Ballen auf den Tisch und sagte: »Hier ist der Rest.«

»Brav«, sagte der Bürgermeister überrascht. »Sehr brav.« Er nahm den Ballen unter den Arm, warf einen kupfernen Heller auf den Boden und drehte dem Schneider den Rücken.

»Warten Sie«, sagte der Schneider, »Sie bekommen noch Geld wieder.« – »Auf den Heller?« fragte der Bürgermeister. – »Auf den Heller«, sagte der Schneider mit einem Bückling, und er drückte dem Bürgermeister einen goldenen Dukaten in die Hand.

Das war kein schlechter Markt für den Bürgermeister. Aber es drückte ihm das Herz ab, daß er des Schneiders Geheimnis nicht kannte, wie der aus einem Heller einen Dukaten machen konnte und aus einem handgroßen Stück Tuch einen Mantel. Er drang in ihn mit Bitten und Drohen, daß er es ihm verriete. Endlich gab der Schneider nach. Er zeigte auf den Schuhu, der auf dem Kamin stand, stark gewachsen und in einem neuen, kraftvollen Gefieder, das schwarz war und mit gelben Flammen.

»Ich habe einen Schuhu«, sagte er, »der macht aus wenig viel.«

Der Bürgermeister wollte dieses wunderbare Tier unbedingt besitzen. Er erbot sich, dem Schneider, wenn der ihm den Schuhu ließe, das Tuch und die Arbeit für den Mantel zu bezahlen und hundert Dukaten obendrein. Der Schneider sträubte sich zum Schein, dann willigte er in den Handel. Der Bürgermeister rührte den Daumen. Dann wickelte er den Schuhu in den Mantel und trat vor die Tür.

»Seien Sie vorsichtig«, sagte der Schuhu aus dem Mantel heraus zu dem Bürgermeister; »Sie werden im Regen ersaufen.« – »Ersaufen?« fragte der Bürgermeister, »es nieselt doch nur ein bißchen.« – »Ja«, sagte der Schuhu aus dem Mantel, »aber ich mache aus wenig viel.«

»Aber wenn ich nicht gehe«, sagte der Bürgermeister, »komme ich zu spät zum Frühstück, und wenn ich zu spät zum Frühstück komme, erhalte ich vielleicht eine Maulschelle von meiner Frau.« – »Falsch«, sagte der Schuhu aus dem Mantel, »sie schlägt Sie tot.« – »Wie kann sie das?« fragte der Bürgermeister. – »Das kann sie«, sagte der Schuhu aus dem Mantel; »ich mache aus wenig viel.«

»O du Schreckensvogel«, sagte der Bürgermeister, »mag dich der Teufel füttern.« Er schmiß den Schuhu samt dem Mantel zur Erde und rannte durch den nassen Regen zu seinem Haus und bekam seine Maulschelle und war froh, daß er nicht ersoffen und nicht totgeschlagen war.

»Gewonnen«, sagte der Schuhu.

»Gewonnen«, rief der Schneider; »ach, was für einen falschen Sohn habe ich gezeugt, er ist schlauer als der Bürgermeister.« Und er verriegelte die Tür seiner Werkstatt von innen und ließ den Schuhu auf der Gasse stehen.

Drum glaubt nicht, daß die Dank von hätten,
Die den Frosch aus dem Sumpfe retten.

Fünftes Kapitel

Als des Schuhus Bleibens in seiner Vaterstadt, wie wir erzählt haben, nicht mehr war, nahm er Abschied von ihr und ging nach Gotha, um sich dort einen Herrn zu suchen. Denn er wollte seine Gaben, von denen er keine geringe Meinung hatte, gebrauchen, und große Gaben verlangen einen großen Herrn.

Der Großherzog von Coburg-Gotha wohnte in einem breiten Schloß mit zwei Türmen, von denen einer fertig war, einer nicht, das ist bei Schlössern nicht anders. Vor dem Schloß stand ein Wachposten. Und nach genügender Zeit, also gerade so viel Tage, nachdem er losgegangen war, wie er oder ein anderer Wanderer brauchte, um von da, wo er herkam, bis dorthin, wo er eintraf, zu gelangen, erschien der Schuhu bei dem Wachposten und bat, ihn dem Großherzog zu melden.

Der Wachposten ging zum Großherzog und berichtete, daß da ein Schuhu sei und Dienst nehmen wolle.

Glücklicherweise hatte der Großherzog unter seinen Beamten einen Doktor, welcher die Schuhusprache beherrschte. An den erinnerte er sich und befahl ihm, mit dem Schuhu zu sprechen und herauszufinden, ob dieser Vogel wirklich so weise sei, wie von seiner Gattung gesagt wird. Der Doktor, der den Titel eines großherzoglichen Hofschuhulogen trug, ging mit dem Wachposten in den Hof, wo der Schuhu wartete. Er stellte sich vor ihn hin, bewegte die Schöße seines grauen Rocks wie Flügel und starrte ihn über seine krumme Nase hinweg mit runden Augen an.

Dies ist, was sie redeten.

Schuhu:	Guten Tag, mein Herr.
Schuhuloge:	Guyau-uo.
Schuhu:	Ich bin der Schuhu, des Schneiders Sohn. Ich möchte zum Großherzog.

Schuhuloge:	Hu, hu, ouau auff!
Schuhu:	Ich kann bei Nacht sehen, alle Rätsel auflösen und gute Ratschläge erteilen; dabei esse ich nicht unmäßig und verlange keinen hohen Lohn.
Schuhuloge:	Gusch.
Schuhu:	Wird man mich vorlassen?
Schuhuloge:	Gusch. (Zu dem Wachposten): Das ist, sofern es überhaupt ein Schuhu ist, ein besonders dummer Schuhu. Kein Wort von seinem Gestammel ist mir verständlich.
Wachposten:	Wirklich, er hört sich halb so eindrucksvoll an wie Sie. Im Anfang glaubte ich fast, ich verstünde ihn.
Schuhuloge:	Ausgeschlossen. Die Schuhusprache zu erlernen, ist das Schwerste, was ein Mensch erreichen kann, und Krönung eines langen, plagevollen Lebens.
Schuhu:	Spricht man hier nicht deutsch oder wenigstens coburgisch?
Schuhuloge:	Burr, burr, miau. Ko-ka. Hu, schu-hu! Trr! Pfft, auff!
Schuhu:	Wie?
Schuhuloge:	Grygy kekekek.
Schuhu:	Ich denke, ich gehe lieber.
Schuhuloge:	Tue das, mein Freund.

Der Doktor den Schuhu mißversteht,
Weil er alles von ihm wissen tät.

Sechstes Kapitel

Der Großherzog von Coburg-Gotha führte aber Krieg gegen seinen Bruder, den Kaiser von Mesopotamien.

Die Sache verhielt sich so, daß diese Herrscher, die mächtigsten ihrer Zeit, viel Gemeinsames mit einander hatten. Bei ihrer Geburt glichen sie sich derart, daß keiner sich selbst ähnlicher sah als dem anderen; niemand vermochte zu sagen, welcher von ihnen früher auf die Welt gekommen war und welcher später, und man taufte sie, da man sie nicht auseinander halten konnte, beide auf den Namen Friedrich. Die beiden Friedriche wuchsen zu hübschen Kindern heran, die sich zärtlich liebten. Sie schliefen im selben Bett, ritten dasselbe Pferd und tranken von einer Amme; was dem einen beliebte, behagte dem anderen, worüber der erste weinte, darüber greinte der zweite, und sie waren unzertrennlich, als hätten sie, so wie sie nur einen einzigen Namen hatten, nur eine einzige Seele.

Aber als sie älter wurden und jeder Friedrich ein Reich und einen Bart bekam, hörte ihre Liebe auf und änderte sich in Haß. Denn es gefiel dem einen, dem Kaiser von Mesopotamien, seinen Bart rot zu färben; der andere hingegen, der Großherzog von Coburg-Gotha, färbte ihn grün.

Das hatte schreckliche Folgen.

Die rote Farbe nämlich wird aus den Kiemen der Purpurschnecke gewonnen, die grüne aus dem Saft von Spinat; und während sich der Boden von Coburg-Gotha mit Spinatfeldern bedeckte, wanderten innerhalb der Pfähle von Mesopotamien riesige Schneckenherden. Schnecken aber essen bekanntlich nichts lieber als Spinat. Und nicht selten kam es vor, daß ein Rudel von Schnecken die mesopotamische Grenze überschritt, um in den coburgischen Spinatfeldern zu weiden.

Dann raufte der Großherzog Friedrich seinen grünen Bart

und schickte ein Regiment Soldaten, das schlug die Schnekken tot.

Dann raufte der Kaiser Friedrich seinen roten Bart und schickte zwei Regimenter, die schlugen des Großherzogs Soldaten tot.

Und aus so beschaffenen Dingen entsprang der Krieg, der mehr Dachsparren zu Kohle, mehr Jünglinge zu Invaliden und mehr Lateinschulen zu Pferdeställen machte, als jeder noch so berühmte Feldzug vor ihm.

Schnee sich eher mit Feuer paart
Als roter Bart und grüner Bart.

Siebentes Kapitel

Große Gaben verlangen einen großen Herrn, und der Schuhu wandte sich, da der Großherzog von Coburg-Gotha ihn nicht angenommen hatte, zum Kaiser von Mesopotamien. Er schlurfte ein paar Tage die Landstraßen hinunter, die sich, von dunkelgrünen Spinatfeldern gesäumt, nach Morgen zogen. Mitten auf einer Landstraße, am Fuß eines Berges, stand ein goldener Thron. Darauf saß der Mann, den er suchte, und trieb das Kaiserhandwerk.

»Dieser Berg«, sagte der Kaiser, »hat mich gekränkt, und ich werde ihn verurteilen, aber damit es in der Ordnung hergeht, werde ich ihm vorher den Prozeß machen. Ich höre die Anklage und die Verteidigung.« Er winkte dem Obersten Schneckenhirten, der unter seinen Ratgebern der wichtigste war.

Der Oberste Schneckenhirt trat vor, deutete auf den Berg und sprach:

»Der Angeklagte ist ein großer Frevler und Verbrecher.

Denn als unser glorvolles mesopotamisches Heer auf seinem Zug gegen die Soldaten des Großherzogs, welche es unfehlbar besiegt und durchaus zum Tode gebracht hätte, an diese Stelle kam, bewirkte der Angeklagte durch holperige, steile und tückische Beschaffenheit, daß sich das Leibroß unserer erlauchten Majestät den Knöchel brach.«

Hier begann der ganze Hof ein Murren und rief:

»Abscheulich.«

Der Oberste Schneckenhirt fuhr fort, wo er aufgehört hatte:

»Ich klage diesen Berg an der Beschädigung eines Pferdes, des heimlichen Einverständnisses mit dem Feind und der Kränkung der geheiligten kaiserlichen Person.«

»Recht treffend«, sagte der Kaiser. »Was hat der Angeklagte zu erwidern?«

Der Berg schwieg.

»Sprich, Berg«, sagte der Kaiser.

Der Berg schwieg.

»Das ist ein deutlicher Beweis deiner Schuld«, sagte der Kaiser, »aber ich frage dich zum dritten Mal.« Und mit erhobener Stimme fragte er den Berg:

»Bekennst du dich schuldig?«

Es gab ein kleines Echo, und der Berg erwiderte: »Schuldig.«

»Gut«, sagte der Kaiser. »Du bist der erdenklichsten Greuel angeklagt, überführt und geständig. Du sollst ausgetilgt sein aus der Gegenwart und aller Zukunft.«

Er hob den rechten Arm. Da kamen die Soldaten mit Schaufeln und Schubkarren und stürzten sich über den Berg; sie hackten, kratzten und gruben und trugen ihn ab, bis da, wo er gewesen, nicht mehr die kleinste Wölbung sich erhob. Die Erde, die sie fortnahmen, warfen sie auf einen Haufen, der allmählich zu der gleichen Größe heranwuchs, die der bestrafte Berg gehabt hatte; er behielt auch, weil die Leute in der Gegend zu faul oder zu unwissend waren, sich einen neuen Namen auszudenken, dessen Namen. Die ganz alten Landkarten zeigen aber den Berg an einer etwas anderen Stelle als die jüngeren, und nicht, weil sie sich irren.

Der Kaiser richtet Groß und Klein.
Das muß so sein.

Achtes Kapitel

Der Kaiser von Mesopotamien bestieg sein lahmes Roß, um in seine Hauptstadt zurück zu reiten. Da trat der Schuhu zu ihm, verbeugte sich auf höfliche Weise und sprach: »Ich bin der Schuhu, des Schneiders Sohn; ich kann bei Nacht sehen, alle Rätsel auflösen und gute Ratschläge erteilen, und ich will Ihnen dienen, wenn es Ihnen so gefällt.«

»Lieber Junge«, sagte der Kaiser, »ich habe schon zehntausend Gelehrte in meinem Dienst; was die zusammen nicht wissen, weiß Gott nicht.«

»Ich bin klüger als alle zehntausend«, sagte der Schuhu bescheiden, »und esse nicht mehr als einer.«

»Wollen sehen«, sagte der Kaiser. »Wenn du klüger bist als alle zehntausend, sollst du eine deinem Rang entsprechende Wohnung haben und dich von meinem Brot sättigen.«

Sie gelangten vor die Hauptstadt Ktesiphon und hielten auf einer langen und breiten Wiese. Dorthin ließ der Kaiser seine zehntausend Gelehrten rufen. Die Gelehrten kamen in Sänften, auf Mauleseln oder baren Fußes; sie lagerten sich im Gras, saßen auf Baumstümpfen oder standen in Gruppen bei einander. Einige trugen grobe Kutten, andere schwarz und goldene Kleider, alle aber hatten große, schöne Augen, und die Ebene war voll von ihnen bis zum Horizont.

»Was ist das«, fragte der Schuhu; »es kommt aus einer weißen Kugel und geht in eine schwarze Kugel?«

Die zehntausend Gelehrten bewegten die Frage unter ihren Hüten. Sie drehten und wendeten sie und prüften sie von allen Seiten, aber sie paßte zu keiner Antwort, die sie wußten. Nach zwei Stunden sagten sie:

»Wir wissen es nicht.«

»Das bin ich«, sagte der Schuhu. »Denn als ich geboren wurde, kam ich aus einem Ei, und wenn ich sterben werde, werde ich in die Erde gehen.«

»O«, sagten die zehntausend Gelehrten.

»Aber was ist das«, fragte der Schuhu; »es kommt nicht zustande, außer es ist wohlgelagert, ausgekocht und abgehärtet?«

Die zehntausend Gelehrten dachten nach, bis ihnen der Schweiß von den Scheiteln rann. Aber ihre Mühe war ganz vergeblich, und nach fünf Stunden sagten sie:

»Wir wissen es nicht.«

»Das bin ich«, sagte der Schuhu. »Denn ich lag sieben Monate unter dem Schrank, wurde in Brunnenwasser gesotten und vom Schmied gehämmert, bevor ich fertig war.«

»O«, sagten die zehntausend Gelehrten.

»Aber was ist das«, fragte der Schuhu; »es fällt im Winter vom Himmel und schmilzt in der Hand?«

»Das wissen wir sehr wohl«, sagten die zehntausend Gelehrten sofort; »das bist du.«

»Nein«, sagte der Schuhu. »Das ist eine Schneeflocke.«

»O«, sagten die zehntausend Gelehrten, »diese Antwort war in unseren Köpfen.«

»Gewiß«, sagte der Schuhu, »aber ihr habt vergessen, sie herauszunehmen.«

Nachdem der Schuhu diese Probe seines Witzes abgelegt hatte, lobte ihn der Kaiser, nahm ihn in seinen Dienst und gab ihm eine Stelle als Nachtwächter im siebzehnten kaiserlichen Garten.

In jedem Land, in jedem Stand
Wird die Weisheit anerkannt.

Neuntes Kapitel

Im Süden, wo das Meer blauer ist als der Himmel, lag, zwischen Ägypten und der Barbarei, aber etwas näher an Ägypten, die Stadt Tripolis. Der König von Tripolis war sehr reich. Sein Schloß stand inmitten von Weinbergen, Jasminwäldern und Melonenbeeten über dem Hafen, dessen weiße Mauern von bronzenen Kanonen bewacht wurden. Seine Kamele waren die stolzesten, seine Ziegen die fettesten, seine Austern die perlenreichsten.

In seinem Schloß hatte er drei Säle mit Büchern. Der erste Saal enthielt Bücher zum Lachen. Der zweite Saal enthielt Bücher zum Weinen. Der dritte Saal enthielt Kochbücher. In diesen Sälen verbrachte er die Stunden, die er nicht schlief.

Besonderen Wert legte er auf Betten. Er besaß Betten aus Ebenholz, Betten aus Elfenbein, Betten aus Malachit und Betten, die aus den Schalen großer Muscheln geschnitzt waren. In diesen Betten verbrachte er die Stunden, die er nicht las.

Die Vorfahren des Königs von Tripolis waren Seeräuber gewesen, aber er selbst war zu reich, als daß er einen Beruf hätte ausüben müssen. Er lebte und freute sich, daß er lebte.

Er hatte auch eine wunderschöne Tochter, die konnte fliegen; deshalb nannte man sie die fliegende Prinzessin.

Eines zeitigen Frühlingstages sagte sie zu ihrem Vater: »Ich muß nach Mesopotamien fliegen.«

»Warum?« fragte der König.

»Ich kann es schwer sagen«, erwiderte die fliegende Prinzessin, »aber ich muß hin, das ist sicher.«

»Wenn du hin mußt«, sagte der König von Tripolis, »dann gibt es keine Worte zu verlieren; nimm dir Rosinenbrote mit, denn der Weg ist nicht kurz. Ich aber will mich aufs Ohr legen und ein Mittagsschläfchen halten.« Er legte sich in ein Bett aus gelblichem Mondstein, zog die Decke, die mit Pfauendaunen gefüllt war, übers Gesicht und schlief drei Tage und drei Nächte.

Besser als du, das ist gewiß,
Lebt der König von Tripolis.

Zehntes Kapitel

Die Prinzessin flog nach Mesopotamien, gelangte nach der Hauptstadt Ktesiphon und schwebte über ihren Kuppeln und Gärten. Dabei sang sie ein Lied, denn sie wollte hören, wie ihr zumute war.

Der Schuhu, der an diesem wie auch an jedem anderen Mittag in einem hohlen Baum des siebzehnten kaiserlichen Gartens schlief, erwachte von dem Gesang. Er steckte den Kopf aus dem Baum. Aber die Sonne schien sehr hell und blendete ihn, und er konnte, weil Schuhus am Tage ohnehin schlecht sehen, gar nichts erkennen. So schloß er wieder die Augen und lauschte.

Das Lied lautete so:

Wenn der Wind geht im April,
Lieg ich auf dem Winde,
Meine Seele bleibt nicht still,

Wenn der Wind geht im April.
Weiß nicht, was ich suchen will,
Weiß nicht, ob ichs finde.
Wenn der Wind geht im April,
Lieg ich auf dem Winde.

»Was für ein wundervolles Lied«, sagte der Schuhu zu sich selber. »Aus seinen Worten entnehme ich, daß die Sängerin ein empfindsames Fräulein ist, und da sie nicht leicht zufriedenzustellen ist, wird sie nicht dumm sein. Aus ihrer hohen und doch anmutigen Stimme entnehme ich, daß sie von zierlicher Statur ist, doch nicht mager. Aus dem Umstand aber, daß der Gesang von oben kommt, entnehme ich, daß sie fliegen kann.«

Er öffnete seine Augen nicht mehr und verbrachte den ganzen Tag damit, sich das angenehme Bild, das er sich von der Sängerin gemacht hatte, vorzustellen. Am Abend jedoch kletterte er aus seiner Wohnung und flog über dem Park die Runde.

Die Prinzessin hatte sich mittlerweile in dem goldenen Himmel von Ktesiphon treiben lassen, ohne daß ihr etwas begegnet wäre, das ihr verraten hätte, weshalb sie eigentlich hier war. Sie entschloß sich heimzufliegen; da versank unversehens die Sonne in dem Fluß Tigris, und sie mußte sich ein Unterkommen suchen. Sie entdeckte den hohlen Baum, den der Schuhu verlassen hatte. In den kroch sie hinein. Und sie legte ihr Gesicht in die Beuge ihres weißen Arms und wollte eben einschlafen, als sie aus der Luft her ein Lied vernahm, das der Schuhu auf seiner Runde sang.

Das Lied lautete so:

Ohne Leben möcht ich sein
Oder ohne Liebe,
Denn du lässest mich allein.
Ohne Leben möcht ich sein.

Keine Macht, die mir die Pein
Aus dem Herzen triebe.
Ohne Leben möcht ich sein
Oder ohne Liebe.

Die Prinzessin steckte den Kopf aus dem Baum. Aber die Nacht war schon gekommen, und alles war dunkel.

»Was für ein wundervolles Lied«, sagte die Prinzessin zu sich selber. »Aus seinen Worten entnehme ich, daß der Sänger eine traurige Seele hat, und es muß für jedes Fräulein angenehm sein, sich als Ursache solch heftiger Trauer zu wissen. Aus seiner tiefen und doch wohltönenden Stimme entnehme ich, daß er kräftig, doch nicht plump gebaut ist. Aus dem Umstand aber, daß der Gesang von oben kommt, entnehme ich, daß er fliegen kann.«

Sie verbrachte die ganze Zeit bis zum Morgen damit, sich das angenehme Bild, das sie sich von dem Sänger gemacht hatte, vorzustellen; bei den ersten Strahlen der Sonne kam sie aus dem Baum und flog nach Tripolis zurück.

So hatte der Schuhu die fliegende Prinzessin nicht gesehen, und die fliegende Prinzessin hatte den Schuhu nicht gesehen, und doch konnten sie von dem Tag an nicht aufhören, an einander zu denken. Sie dachten an einander, wenn sie aufwachten und wenn sie einschliefen. Die Zeit wurde ihnen lang und schwer.

Lieb weiß von Lieb nicht viel. Sie wissen
Nur, daß sie immer lieben müssen.

Elftes Kapitel

Ungefähr in dem Jahr entdeckten der Kaiser von Mesopotamien und der Großherzog von Coburg-Gotha, daß sie gleich stark waren und einander nie würden besiegen können.

Der Kaiser ließ seinen Obersten Schneckenhirten zu sich kommen und sprach zu ihm: »Mein Bruder hat ebenso viele Soldaten in seinem Heer wie ich. Wenn ich eine Schlacht gewinne, gewinnt er eine andere, wenn ich ihm eine gute Stadt verbrenne, verbrennt er mir eine ebenso gute, und auf hundert zerstampfte Spinatpflanzen kommen immer hundert erschlagene Schnecken. Was soll ich tun?«

Der Großherzog von Coburg-Gotha aber rief seinen Ersten Spinatgärtner und stellte ihm die gleiche Frage.

Der Oberste Schneckenhirt öffnete seinen Bart und erwiderte dem Kaiser: »Majestät müssen sich einen Bundesgenossen suchen.«

»Welchen?« fragte der Kaiser.

»Den König von Tripolis«, erklärte der Oberste Schneckenhirt.

»Dein Grund?« fragte der Kaiser.

»Der König von Tripolis«, sagte der Oberste Schneckenhirt, »ist reich, und derjenige, dem er Geld leiht, kann sich Kampfwagen und Elefanten kaufen und wird unfehlbar triumphieren. Freilich ist wahr, daß er nicht gern Geld ausleiht.«

»Gut und schlecht«, sagte der Kaiser. »Dein Rat?«

»Mein Rat ist«, sagte der Oberste Schneckenhirt, »daß Sie sich um die Tochter des Königs von Tripolis bewerben sollen, welche die fliegende Prinzessin genannt wird. Wenn Sie sie geheiratet haben, sind Sie des Königs Schwiegersohn, und er wird Ihnen beistehn.«

Der erste Spinatgärtner aber gab dem Großherzog die gleiche Antwort mit den gleichen Worten, denn er war in Gotha nicht dümmer als der Oberste Schneckenhirt in Ktesiphon.

So kam es, daß an dem Morgen, der auf diese Unterredungen folgte, beide Beamten nach Tripolis abreisten, um für ihre Fürsten um die Hand der fliegenden Prinzessin anzuhalten. Der Oberste Schneckenhirt spannte zwei Schimmel vor eine Kutsche. Der Erste Spinatgärtner spannte zwei Delphine vor ein Schiff. Sie bestiegen ihre Fahrzeuge und fuhren, so schnell ihre Tiere sie ziehen wollten, los, der eine zu Wasser, der andere zu Lande.

Als aber der Oberste Schneckenhirt über den Kamm des Libanon rollte, erblickte er den Ersten Spinatgärtner, der auf dem silbernen Spiegel des Mittelmeers dahinfuhr. Und der Erste Spinatgärtner sah die Kutsche des Obersten Schnekkenhirten auf dem Gebirg vor dem feurigen Rot des aufsteigenden Tages.

Der Oberste Schneckenhirt spannte seine zwei Begleitschimmel zu den anderen vor die Kutsche; denn er hatte im Sinn, als erster in Tripolis einzutreffen. Der Erste Spinatgärtner spannte seine zwei Begleitdelphine zu den anderen vor das Schiff; denn er hatte dasselbe im Sinn.

Der Oberste Schneckenhirt begegnete einem Esel, den spannte er auch noch vor die Kutsche.

Der Erste Spinatgärtner begegnete einem Walfisch, den spannte er auch noch vor das Schiff.

Der Oberste Schneckenhirt begegnete einem Rudel Wölfe, das spannte er auch noch vor die Kutsche.

Der Erste Spinatgärtner begegnete einem Schwarm Möwen, den spannte er auch noch vor das Schiff.

Sie kamen ziemlich schleunig voran, aber keiner schleuniger als der andere.

Der Oberste Schneckenhirt begegnete noch einem Hirsch, einem Zebra, einem Strauß und einer blinden Katze, die spannte er alle vor und ließ sie tüchtig rennen. Der Erste Spinatgärtner begegnete noch einer Seeschlange, einer Robbe, einem Albatros und einer einzelnen Sardine, welche der Fischer nicht gefangen hatte, weil sie für die Maschen des

Netzes zu klein gewesen war; die spannte er alle vor und ließ sie tüchtig schwimmen.

Das war eine Jagd.

Und genau in dem gleichen Augenblick sah man, wenn man neben dem König von Tripolis im Hafen stand, von hinten eine Staubwolke herankommen und eine Wasserwolke von vorn. Die Wolken trafen sich auf dem weißen Steinpflaster unterhalb des Schlosses. Aus der Staubwolke stieg der Oberste Schneckenhirt, aus der Wasserwolke der Erste Spinatgärtner. Und beide öffneten ihre Bärte und schrien: »Ich war zuerst da.«

»Mir ist ganz schwindlig von dem Sausen«, sagte der König von Tripolis zu den Gesandten; »ich muß erst ein Mittagsschläfchen machen, danach will ich Sie empfangen.« Er legte sich in ein Bett von bemaltem Porzellan und schlief drei Tage und drei Nächte. Dann bat er sie in sein Schlafzimmer.

Die Herren waren so schnell gelaufen,
Daß sie lange mußten verschnaufen.

Zwölftes Kapitel

»Mein kaiserlicher Herr von Mesopotamien«, begann der Oberste Schneckenhirt seine Rede, »wünscht, die Prinzessin von Tripolis zu seiner Frau und Kaiserin zu machen.« – »Warum denn nicht«, sagte der König, »ich habe nichts dagegen.«

»Ich aber«, fiel der Erste Spinatgärtner ein, »empfehle dringend, die Prinzessin meinem Herrn, dem Großherzog von Coburg-Gotha, zu vermählen.« – »Das wäre mir recht lieb«, sagte der König.

»O«, riefen die Gesandten, »Sie können sie doch nicht mit beiden verheiraten.«

»Ich kann sie mit keinem von beiden verheiraten«, sagte der König. »Sie ist es doch, die geheiratet werden soll; da müssen Sie sie schon selbst fragen.«

Da empörten sich die Gesandten und riefen: »Ein so wichtiges Geschäft darf man nicht den Kindern überlassen.«

»Warum nicht?« fragte der König.

»Weil wir über Gründe verfügen«, sagten die Gesandten, »welche ein Kind nicht zu beurteilen vermag.«

Sie griffen in ihre Wämser und zogen zwei Kästchen heraus, denn jeder von ihnen hatte eines auf seinem Busen bei sich getragen. Sie öffneten die Kästchen mit ehrfürchtigen Mienen. In dem Kästchen des Obersten Schneckenhirten lag ein Diamant, so groß wie eine Faust. In dem Kästchen des Ersten Spinatgärtners lag eine Perle von nicht kleinerem Umfang. Nie war im Osten oder Westen ein Diamant erblickt worden, der ein reineres Feuer hatte, und nie eine Perle von solch makellosem Schimmer.

»Dieses einmalige Kleinod«, sprachen die Gesandten zu dem König von Tripolis, »sendet Ihnen mein Herr als Zeichen seiner Freundschaft.«

Der König besah die Geschenke und dankte den Überbringern mit Worten von ausgezeichneter Höflichkeit. Danach seufzte er. Er kletterte aus seinem Bett, hüllte sich in einen seidenen Schlafrock und bat die beiden, ihm zu folgen.

Sie gingen miteinander durch viele Säle und Korridore. Sie gelangten zum Fuß des Schloßturmes; in dem Turm führte eine Wendeltreppe bis zur Spitze. Sie klommen die Wendeltreppe hinauf. Als sie endlich oben ankamen, standen sie vor einer Tür, die aus Zedernholz geschnitzt war und mit Silber beschlagen. Der König zog an dem Türgriff, und die Tür öffnete sich knarrend.

Hinter der Tür lag ein kleiner Raum, erfüllt von dämmerigem Licht. Der König kramte eine Weile unter den Sachen, die es da gab, und als er gefunden hatte, was er suchte, drückte er dem Obersten Schneckenhirten einen Diamanten in die Hand und dem Ersten Spinatgärtner eine Perle, und weder der noch jene war kleiner als der Kopf eines Affen. »Bringen Sie das meinen Vettern, Ihren Majestäten«, sagte er.

Die Gesandten nahmen die Kostbarkeiten, starr vor Bewunderung. Als ihnen aber das Herz wiedergekommen war, öffneten sie ihre Bärte und fragten:

»Warum halten Sie Ihre Schatzkammer nicht verschlossen?«

»Ach«, sagte der König von Tripolis sehr verlegen, »es ist ja die Rumpelkammer.«

Wie sie so zu einander sprachen, sahen sie die Prinzessin draußen vor dem Turm herumfliegen. Der König winkte ihr. Sie kam zur Luke herein, und da stand sie, schön wie der Morgen mit ihrer perlmuttfarbenen Haut und ihrem goldenen Haar. Der Oberste Schneckenhirt und der Erste Spinatgärtner machten ihre Verbeugungen. Der König aber erklärte ihr, daß die beiden Herren gekommen seien, um die höchst ehrenvollen Heiratsanträge des Großherzogs und des Kaisers auszurichten.

»Es geht nicht«, sagte die Prinzessin; »ich heirate einen anderen.«

»So?« fragte ihr Vater. »Wen denn?«

»Ich weiß nicht, wer er ist«, sagte die Prinzessin; »ich hörte ihn lediglich ein Lied singen, als er eines Nachts über den siebzehnten kaiserlichen Garten zu Ktesiphon hinwegflog. Aber seine Stimme war die angenehmste, mit der jemals, von Göttern oder Menschen, ein Lied gesungen wurde. Sie war dunkel wie das Innere eines Walfischs und sanft wie das Schnurren eines Löwen.

»Liebst du ihn?« fragte der König. Die Prinzessin erwiderte:

»Er ist mein erster und letzter Gedanke.«

Der Oberste Schneckenhirt und der Erste Spinatgärtner

aber mußten, wiewohl reich beschenkt, unverrichteter Dinge in ihre Länder zurückkehren.

Der, was er brauchet, nennt sein eigen,
Wie soll er ein Verständnis zeigen?

Dreizehntes Kapitel

Die Nachricht gelangte zu den heiratslustigen Fürsten, daß die fliegende Prinzessin ihre Hand und ihren Thron verschmäht hatte, und zwar um einer Person willen, nach deren Beschreibung die Fürsten sogleich den Schuhu erkannten.

»Die Lage wird immer verwickelter«, sagte der Großherzog von Coburg-Gotha zu dem Ersten Spinatgärtner. »Wenn ich meinem Bruder, dem Kaiser, den Schaden zufügen will, den er um der Farbe seines Bartes willen verdient, muß ich mich zuvor mit dem König von Tripolis verbünden. Wenn ich mich mit dem König von Tripolis verbünden will, muß ich zuvor seine Tochter heiraten. Wenn ich die Prinzessin heiraten will, muß ich zuvor den Schuhu tot und ihr aus dem Kopf schlagen. Wenn ich aber den Schuhu totschlagen will, muß ich mich mit meinem Bruder aussöhnen und mit ihm gemeinsame Sache machen, damit diesem gefiederten Ungeheuer kein Schlupfwinkel bleibe und die bewohnte Erde ihm feindlich sei.«

»Trefflich gefolgert«, bestätigte der Erste Spinatgärtner. »Um den Krieg gegen den Kaiser zu gewinnen, müssen Sie mit dem Kaiser Frieden schließen; so ist das Leben.«

Der Großherzog von Coburg-Gotha schrieb einen Brief an den Kaiser von Mesopotamien, worin er denselben an ihre heiter verbrachte Jugend erinnerte, ihn seiner geschwisterlichen Gefühle versicherte und ihm einen Pakt vorschlug wider den Schuhu, des Schneiders Sohn. Der Kaiser antwortete mit einem Schreiben, das in nicht weniger zärtlichem Ton gehalten war. Danach eilten die Brüder zu einander und trafen sich an einem Platz an der Grenze.

Sie umarmten sich und vermischten ihre Bärte, als sie sich auf die Wange küßten.

Sodann berieten sie sich und beschlossen, den Schuhu zu fangen, zu braten und zu verspeisen; bis sie ihn aber gegessen hätten, wollten sie gegeneinander Frieden halten. Bruder legte die Hand auf Bruders Lende, und beide gelobtens feierlich.

»Der Braten wird uns munden«, sagte der Kaiser Friedrich, »besonders wenn wir die Schüssel mit einer Zehe Knoblauch ausgerieben haben.« – »In Coburg«, sagte der Großherzog Friedrich, »ißt man keinen Knoblauch; infolgedessen werden wir den Schuhu mit Estragon würzen.«

»Tort und Dampf«, sagte der Kaiser, »ich ziehe Knoblauch vor.«

»Ich Estragon«, sagte der Großherzog.

Sie zogen ihre Schwerter und blickten sich finster an. Und alle ihre Mannen, Ritter, Dienstleute, Knappen und Vasallen zogen auch ihre Schwerter und riefen: »Hie Knoblauch!« und: »Hie Estragon!«

Doch bevor sie sich auf den Hals kamen, warfen sich der Oberste Schneckenhirt und der Erste Spinatgärtner zwischen die Haufen. Sie entblößten ihre ergrauten Brüste, um anzudeuten, daß sie sich lieber durchbohren lassen als diesen brudermörderischen Streit dulden würden. »Euer Feind ist der Schuhu«, sagten sie.

»Richtig«, sprachen die Friedriche, »das hatten wir vergessen. Wir wollen also in großer Freundschaft den Schuhu fangen, rupfen und mit oder ohne Zutat braten; sobald wir ihn aber heruntergekaut und unsere Rache gesättigt haben, wollen wir den Krieg wieder aufnehmen.«

»So sei es«, sagten alle.

Sie eilten nach Ktesiphon und umzingelten den siebzehnten Garten. Sie sägten jeden einzelnen Baum um und zertraten jedes einzelne Kraut, und als sie sich in der Mitte begegneten und mit den Nasen auf einander stießen, entdeckten sie, daß der Garten leer war und der Schuhu ausgeflogen.

Der Busch erhielt den Todesschlag,
Weil in ihm kein Vogel stak.

Vierzehntes Kapitel

»Er ist uns entronnen«, brüllte der Kaiser, »und ich wette meinen purpurnen Bart gegen einen Strohwisch, daß er sich auf dem Weg nach Tripolis befindet.«

Die Wette hätte er gewonnen. Der Schuhu war wirklich auf dem Weg nach Tripolis, obwohl er von dieser Tatsache selbst nichts wußte.

Aber die Sehnsucht nach dem Fräulein, dessen Stimme er gehört hatte, war in seinem Herzen so groß geworden, daß er zu sich gesprochen hatte: »Ich will ins Ungewisse ziehen und sie suchen. Da sie, wie sie sagte, auf dem Wind zu mir kam, kann ich vielleicht, wenn ich dem Wind entgegengehe, zu ihr gelangen. Hier habe ich zwar Dienst, Wohnung und Speise, und eine Wanderung in die Welt bringt mir sicherlich viele Mühsale und Beschwerden. Aber ohne meine Geliebte arbeite ich nicht gern, der Schlaf meidet mich, und das Essen bleibt mir vor dem Magen stehen. Lieber will ich auf dem Weg zu ihr geplagt sein als sorgenlos hier; denn das Unglück, sie zu entbehren, ist das schrecklichste von allen.«

Und er hatte Ktesiphon in der Nacht, bevor die fürstlichen Brüder da eintrafen, verlassen.

Er reiste immer dem Wind entgegen. Kam er an einen Sumpf, so umging er ihn nicht, sondern durchwatete ihn.

Kam er an einen Felsen, so wich er ihm nicht aus, sondern überkletterte ihn. Kam er an einen Fluß, so nahm er nicht die nächste Brücke, sondern er überflog ihn, und seine Bahn durchschnitt die Landschaft gleich einer Lanze, die man ins Gras geworfen hat.

Der Kaiser und der Großherzog befahlen ihren Truppen, unverwandten Fußes die Verfolgung aufzunehmen. Aber die Soldaten des Kaisers waren von dem langen Kriegführen müde. Sie traten vor ihn und sprachen:

»Diese Nacht wollen wir uns ausschlafen, morgen früh werden wir den Schuhu verfolgen.«

Da schickte der Kaiser die Hauptleute aus, die zerschlugen alle Betten in den Häusern. Und der Kaiser sagte zu den Soldaten:

»Nun schlaft.«

Da ritten die Soldaten in die Nacht hinaus. Aber nach einer Stunde kamen sie zurück und traten vor den Kaiser und sprachen:

»Unsere Rosse sind müde. Diese Nacht müssen sie ausruhn, morgen früh werden wir den Schuhu verfolgen.«

Da schickte der Kaiser wieder die Hauptleute, die verbrannten alle Ställe. Und er sagte zu den Soldaten:

»Wo wollt ihr die Rosse anbinden?«

Da ritten die Soldaten in die Nacht hinaus. Aber nach einer Stunde kamen sie zurück und traten vor den Kaiser und sprachen:

»Wir haben unsere Frauen weinen hören.«

»Wenn ihr wollt«, sagte der Kaiser, »bringe ich auch noch eure Frauen um.«

Da wurden die Soldaten gehorsam und faßten einen Zorn gegen den Schuhu und jagten ihm hinterher.

Die Hunde, faul oder nicht faul,
Haben scharfe Zähne im Maul.

Fünfzehntes Kapitel

Der Schuhu war ans mittelländische Meer gelangt und auf ein Schiff gestiegen; nun segelte er, dem Wind entgegen, in schnurgerader Linie übers Wasser.

Da tauchten hinter ihm, am rechten Rande des Wassers, viertausend Segel auf. Das war die Flotte des Kaisers von Mesopotamien. Und fünftausend Segel erschienen am linken Rande des Wassers, das war die Flotte des Großherzogs von Coburg-Gotha.

Die Flotten kamen näher, und als sie in Hörweite gekommen waren, schrie der Kaiser von Mesopotamien, der auf der Brücke seines Flaggschiffes stand, dem Schuhu zu:

»Du boshafter Verräter, ergib dich, denn wir wollen dich braten.«

Der Großherzog von Coburg-Gotha, der auf der Brücke seines Flaggschiffes stand, schrie auch und setzte hinzu:

»Wenn wir dich gebraten haben, fressen wir dich.«

Der Schuhu antwortete:

»Wo habt ihr denn euer großes Messer, daß ihr so aufschneidet?«

Hierauf schrien die beiden Fürsten und erwiderten:

»Du altes Galgenhuhn.«

Mit diesem Gespräch eröffneten sie die Seeschlacht.

Die Korvetten, Schaluppen und Barkassen der Verbündeten umringten des Schuhus Schiff; sie zogen sich mit langen Haken an seine Seite, und die gepanzerten Soldaten sprangen über das Geländer und stürzten sich auf den Schuhu. Der Schuhu hackte mit dem Schnabel auf sie ein. Immer wenn er ein Dutzend Soldaten am Kragen hatte, warf er sie ins Wasser. Das ging aus dem Ton weiter, bis die Enterschiffe leer von Kriegern waren und das Meer voll von ihnen.

Da befahlen die Fürsten den Schiffen zurückzuweichen

und eine Wendung zu machen. Jetzt lagen sie, eins am anderen, wie der Wall einer Festung. Die Kanoniere nahmen die ledernen Mützen von den Kanonen und feuerten eine tödliche Salve gegen das Schiff des Schuhus.

Jedoch der Schuhu stand auf dem hinteren Deck, fing die Kanonenkugeln mit seinen ausgebreiteten Flügeln und schleuderte sie zurück in die Reihe des Feindes. Auf die Art versenkte er zwanzig Kriegsgaleeren.

Da ergriff der Kaiser von Mesopotamien das größte von seinen Schiffen und schmiß es dem Schuhu an den Kopf, so daß er über dem Ohr eine Beule bekam.

Da riß der Schuhu eine Insel aus dem Meeresgrund und schmiß sie auf die Flotte, so daß alle Schiffe zerbrachen und versanken.

Kein Soldat wurde gerettet. Nur der Kaiser und der Großherzog, welche keine Rüstung trugen, erreichten einen dahintreibenden Kochlöffel. An den klammerten sie sich; und der Wind blies sie, ihre Mäuler in die Wellen tauchend, dorthin zurück, wo sie hergekommen waren.

Der Schuhu lachte bei dem Anblick; denn in den damaligen Zeiten war es üblich, vor dem Braten einen Trunk zu tun.

Der mutige Schuhu kann sicher fahren,
Kaiser und Herzog in den Haaren.

Sechzehntes Kapitel

An der Stelle, wo das Meer endete und das feste Land anfing, verließ der Schuhu sein Schiff und kam in die Stadt Tripolis. Da war eine marmorne Treppe, die ging er hinauf, da stand der Palast des Königs. Der Palast hatte drei Türen. Er öffnete die mittelste und trat ein. Der König von Tripolis saß in einem Ohrenstuhl, und die Prinzessin lief mit einer goldenen Gießkanne herum und tränkte die Kakteen.

»Guten Tag«, sagte der Schuhu.

Die Prinzessin hörte seine Stimme und erkannte sie wieder, und sie erschrak so vor Glück, daß ihr das Herz stillstehen blieb und sie wie tot auf den Rücken fiel.

»Was machst du nur?« sagte der König, ihr Vater. Er erhob sich aus dem Stuhl, nahm der Prinzessin die Gießkanne aus der Hand und besprengte sie mit Wasser. Die Prinzessin schlug die Augen auf und sprach:

»Er ist es.«

Der Schuhu hörte ihre Stimme und erkannte sie wieder, und er erschrak so vor Glück, daß ihm das Herz stillstehen blieb und er wie tot auf den Rücken fiel. »Nu, nu«, sagte der König. Er schlurfte ärgerlich durch das Zimmer und begoß den Schuhu.

Der Schuhu schlug die Augen auf und betrachtete die Prinzessin, und die Prinzessin betrachtete den Schuhu, und ihre Blicke versenkten sich in einander.

»Wie schön er ist«, sagte die Prinzessin.

»Wie schön sie ist«, sagte der Schuhu.

Und sie erschraken so vor Glück, daß ihnen wieder das Herz stillstand und sie zum andernmal auf den Rücken fielen.

»Auf die Art kommt nie eine Unterhaltung zustande«, sagte der König von Tripolis. Er befahl seinen Dienern, den Schuhu in eine Kammer zu tragen. Dort legten sie ihn ins Bett, gaben ihm ein Glas Zuckerwasser zu trinken und sorgten, daß er sich erholte; ebenso machten sie es mit der Prinzessin.

Am nächsten Morgen erwachten der Schuhu und die Prinzessin und fanden sich bei neuen Kräften. Sie liefen voller Zuversicht zu dem Zimmer, wo sie sich getroffen hatten. Als sie aber hereinkamen, der Schuhu zur rechten Tür und die Prinzessin zur linken, wurden sie, ob sie wollten oder nicht, wiederum so glücklich, daß sie es nicht aushalten konnten. Das Herz schlug ihnen hoch bis in den Hals. Sie gingen aufeinander zu und faßten sich bei den Händen. Und dann hörten ihre Herzen zu schlagen auf, und sie fielen beide auf den Rücken und lagen lange so da.

»Das halte ich für eine Übertreibung der Gefühle«, sagte der König, nachdem er sie zu sich gebracht hatte. »Wenn es euch gestern so ergangen ist, kann ich das verstehen, denn eure Trennung war lang; aber euer heutiges Wiedersehen war nach einer Trennung von nicht mehr als einer Nacht.«

»Die Trennung war kurz«, sagte der Schuhu, »aber die Liebe ist groß.«

Und er fügte hinzu:

»Ein schwerer Stein braucht nicht von hoch zu fallen und erschlägt doch einen Ochsen.«

So groß ist ihrer Liebe Gewicht,
Daß es beinah ihr Herz zerbricht.

Siebzehntes Kapitel

Was sollen wir viel von der Hochzeit erzählen? Sie heirateten eine volle Woche lang und hatten ihr Wohlgefallen an einander; wer es genau wissen will, muß in den Liedern der Sänger von Tripolis nachlesen und in den Rechnungen der Marzipanbäcker.

Danach lebten sie eine Weile zusammen als Mann und Frau, und der König von Tripolis wurde um eben die gleiche Weile älter.

Eines Tages kam ein Bauer zu dem König. Er trug seine Stiefel in der Hand, um den Fußboden nicht schmutzig zu machen, und erzählte, was ihm begegnet war:

»Ich sah eine Katze im Meer unter dem Wasser schwimmen und einen Karpfen jagen. Der Karpfen verließ das Meer und stieg auf einen hohen Baum. Auf dem Baum saß ein Sperling, der fürchtete sich vor dem Karpfen; er stürzte sich von seinem Zweig und grub sich, den Kopf vornüber, tief in die Erde.«

Über diese Geschichte des Bauern mußte die fliegende Prinzessin lachen, und der König schenkte ihm ein Goldstück. Der Schuhu aber versetzte ihm einen Tritt in den Hintern und stieß ihn aus der Tür.

»Warum trittst du ihn in den Hintern?« fragte der König.

Der Schuhu blieb stumm und wollte nicht antworten, aber der König beharrte in seiner Neugier. »Du bist ergrimmt über das Geschwätz, und du bist klug«, sagte er. »Was bedeutet es?«

»Ein großes Unglück für unser Land«, sagte der Schuhu.

»Was für ein Unglück?« fragte der König.

»Ach«, sagte der Schuhu, »es bedeutet nicht mehr und nicht weniger, als daß Sie heute nachmittag sterben müssen.«

»Wenn das so ist«, sagte der alte König, »aber erst will ich ein Mittagsschläfchen machen.« Er legte sich in ein Bett von Korallen und schlief drei Tage und drei Nächte; dann erwachte er, küßte seine Tochter auf beide Wangen und starb.

Der König stirbt, wie er gelebt.
Einen Glücklichen man begräbt.

Achtzehntes Kapitel

In jenen Tagen gab es noch einen großen Potentaten auf der Erde, den Starosten von Holland. Er herrschte, wo die Sonne untergeht. Das Land war kalt; auf seinen Feldern wuchs wenig; und was wuchs, schmeckte nach Nebel.

Außer seinem Königreich aber besaß er viele Unterkönigreiche. Sie lagen, wo die Sonne aufgeht. Ihre Luft war milde; auf ihren Feldern wuchs viel, und was wuchs, schmeckte nach Sonne. In keiner Gegend der Welt wurden mehr Schiffe gebaut als in Holland. Sie fuhren leer nach den Unterkönigreichen und kamen voll zurück.

Als der Starost von Holland vierzig Jahre alt geworden war, kamen seine Räte vor ihn und sprachen:

»Jeder junge Prinz muß einmal in allen seinen Besitztümern gewesen sein. So will es der Brauch.«

Da gab ihnen der Starost recht und ließ ein Schiff mit Butterbroten und Zuckerhüten beladen, damit umsegelte er die Erde. Auf dem Rückweg kam er in Tripolis vorbei und machte seinen Besuch und setzte sich in den Ohrenstuhl, in dem der verstorbene König gesessen hatte.

Der Starost von Holland war ein schöner Herr. Er trug Stulpenstiefel und einen Rock aus grünem flandrischen Tuch, und er rauchte eine lange Pfeife aus bräunlichem Meerschaum.

»Was gibt es Neues von den Zimtinseln?« fragte der Schuhu, des Schneiders Sohn, der jetzt König war.

»Zimt«, sagte der Starost.

»Was gibt es Neues aus Pfefferland?« fragte der Schuhu.

»Pfeffer«, sagte der Starost.

»Was gibt es Neues aus Holland?« fragte der Schuhu.

»Mich«, sagte der Starost.

Der Schuhu mußte gähnen und sagte zu der fliegenden

Prinzessin: »Ich bin heute so müde, fast wie mein Schwiegervater, dein Vater.«

»Seltsam«, sagte die Prinzessin. »Ich bin heute so munter.«

»Es wird am Wetter liegen«, versetzte der Starost von Holland und streute sich eine Handvoll Zucker auf sein Butterbrot.

Es mag der Tor die Welt durchrennen.
Man lernt sie nicht mit den Füßen kennen.

Neunzehntes Kapitel

Der Schuhu ging gähnend auf sein Zimmer und legte sich zu Bett. Nach zwei Stunden kam die Prinzessin und legte sich zu ihm, und sie redeten die folgenden Worte mit einander:

Prinzessin: Ich schwöre, daß ich nur dich liebe.
Schuhu: Was sprichst du da?
Prinzessin: Ich schwöre, daß mein ganzes Fühlen dir gehört.
Schuhu: Laß das gut sein.
Prinzessin: Wahrhaftig, ich will graue Haare und scharfe Falten bekommen, wenn ich je meine Treue zu dir vergäße.
Schuhu: Ach Frau, das war ein Schwur zu viel.

Die Prinzessin weinte. Die Tränen rollten ihr die Backe hinab und in des Schuhus Federn.

In dem Augenblick fiel der Docht der Kerze, die in einem zinnernen Leuchter brannte, um und ersoff in dem flüssigen Wachs. Alles war dunkel. Aber weil noch ein Funken Wärme in ihm glimmte, entzündete sich der Docht und begann aufs neue zu brennen, ohne daß ihn jemand angesteckt hatte.

»Was bedeutet das?« fragte die Prinzessin.

»Das bedeutet«, sagte der Schuhu, »daß du mich nicht

mehr liebst, aber eines Tages wieder lieben wirst.« Er stieg aus dem Bett, flog durchs Fenster und verschwand in dem mondlosen Himmel.

Am nächsten Tag aß die Prinzessin nichts und weinte vom Morgen bis zum Abend.

Am Tag darauf weinte sie immer noch und aß ein Ei mit Weißbrot.

Am folgenden Tag heiratete sie den Starosten von Holland. Es gab viel Jubel und Gelächter, und die Sänger und die Bäcker hatten eine feine Zeit.

Das hat die Prinzessin unternommen:
Vom Pferd auf den Esel zu kommen.

Zwanzigstes Kapitel

Mit ihrem neuen Mann war die Prinzessin sehr glücklich. Sie frühstückten den lieben Tag lang, so hatten sie immer etwas zu tun.

Zweimal in der Woche gingen sie zum Hafen, und der Starost von Holland zählte die Schiffe.

Dienstags zählte er die Schiffe, die mit der Sonne kamen, und donnerstags diejenigen, die ihr entgegenfuhren. Die ihr entgegenfuhren, waren so leer, daß sie eben mit dem Kiel auf dem Wasser entlangglitten, oder es, bei stärkerem Wind, gar nicht mehr berührten. Die mit ihr kamen, waren so voll geladen, daß oftmals nur noch ihre Mastspitzen aus dem Meer ragten. Die leeren machten die anmutigere Erscheinung, aber die vollen sah der Starost lieber.

Es ging gut, solange es gut ging; dann verlor die Prinzessin ihr Interesse an den Schiffen, und vom dauernden Frühstücken wurde sie dick. Sie erinnerte sich daran, daß sie fliegen konnte. Sie flog um das Schloß herum und stieg in Kreisen immer höher und stieg bis zu einem sehr hohen Punkt des Himmels, so wie Tauben tun, wenn sie nach etwas Ausschau halten.

Der Starost von Holland nahm die Pfeife aus dem Mund und sagte: »Flieg nicht.«

Die Prinzessin kam herunter und sagte: »Mein lieber Mann, ich bin die fliegende Prinzessin.«

Der Starost von Holland legte ihr eine Kette ans Bein und schmiedete sie an einen riesenhaften Edamer Käse; als er damit fertig war, ging er zum Hafen.

Da blieb die Prinzessin lange Zeit an den Käse gefesselt, und keiner dachte an sie; denn der Starost konnte ganz gut alleine frühstücken und seine Schiffe beaufsichtigen.

Eines Tages sah sie eine braune Wolke in der Luft heraufziehen. Sie vergegenwärtigte sich, daß eine Wolke Regen bedeutet, und daß sie hier im Freien hilflos lag, ohne Schutz und Dach. Ihr Herz füllte sich mit Reue, und ihre Augen wurden wie eine Wolke vor dem Regen. Die Wolke aber kam näher und näher und zog sich über die Sonne.

Dann senkte sie sich zur Erde. Und die Prinzessin erkannte, daß die Wolke nichts anderes war als ein Schwarm von Sperlingen, und an der Spitze des Schwarms flog der Schuhu, der die Vögel zu ihr geführt hatte. Der Schuhu setzte sich neben sie auf einen Stein. Die Sperlinge stürzten sich auf den Käse und pickten in seine Rinde; als sie den letzten Krümel aufgepickt hatten, hatten sie keinen Grund mehr zu bleiben und flatterten in alle Richtungen davon.

Das Messer, das sie zum Alteisen
Geworfen, tut sich scharf erweisen.

Einundzwanzigstes Kapitel

»Nun, wie ist es dir ergangen?« fragte die Prinzessin den Schuhu.

»Ich war in meiner Vaterstadt. Ich klopfte ans Haus des Bürgermeisters. Der Bürgermeister kam heraus, erblickte mich, schlug die Hände über dem Kopf zusammen und rief: ›Bist du das, Schuhu? Straft mich Gott mit deinem Wiederkommen? Kehr um, Schamloser, laß unsere brave Stadt in Frieden, oder die Büttel sollen dich zum Tor hinauspeitschen.‹ Die Frau des Bürgermeisters aber trat hinzu und versetzte mir eine Maulschelle.«

»Warst du nicht bei deinem Vater, dem Schneider?« fragte die Prinzessin.

»Davon erzähle ich ja. Mein Vater ist jetzt dort Bürgermeister.«

»Was erlebtest du noch?« fragte die Prinzessin.

»Ich lief durch das Großherzogtum Coburg-Gotha, dieses Land fand ich ganz verwüstet. Es leben dort keine Menschen mehr, die Felder sind nicht bestellt, und der Boden ist übersät mit den Gehäusen toter Schnecken. Denn seit so viele Soldaten im mittelländischen Meer ertrunken waren, gab es in Coburg-Gotha niemanden, um Spinat zu pflanzen, und niemanden in Mesopotamien, um die Purpurschnecken zu hüten. Die Schnecken wurden hungrig. Sie krochen, wohin sie wollten, und fraßen, was sie bekamen; als sie alles aufgefressen hatten, starben sie aus Mangel an Futter. Im Kaiserreich Mesopotamien traf ich es um kein Haar besser. Endlich, in der Mitte eines großen Waldes, stieß ich auf zwei arme Köhler. Sie wohnten in einer Hütte von Zweigen, ihre Nahrung war Baumrinde und nichts zuzubrocken. Aber sie nahmen mich freundlich auf und gaben mir, sowie ich sie darum fragte, Nachricht von dem Schicksal des Großherzogs und des Kaisers. Diese selbstherrschenden Brüder hatten sich, an einem Kochlöffel treibend, aus dem Meer gerettet, und als sie an Land gekrochen waren, hatte ihnen das Wasser alle Schminke aus den Bärten geweicht. Der Bart des Großherzogs war nicht mehr grün und der des Kaisers nicht mehr rot, und beide Bärte zeigten plötzlich dieselbe Farbe.«

»Welche Farbe war das?« fragte die Prinzessin.

»Gelb.«

»Und was folgerten sie daraus?« fragte die Prinzessin.

»Sie vertrugen sich und hatten keinen weiteren Streit mit einander und lebten von dem Tag an einträchtig wie Brüder.«

»Woher wußten die Köhler ihre Geschichte?« fragte die Prinzessin.

»Sie waren es selbst.«

»Was erlebtest du noch?« fragte die Prinzessin.

»Ich gelangte zu einem großen Berg, der Kaukasus genannt wird und so groß ist wie die halbe Welt. Den stieg ich hinauf. Je höher ich stieg, desto wilder und schrecklicher wurde die Landschaft. Erst gab es keine Bäume mehr, dann keine Kräuter und Gräser, dann endete alles Leben, selbst das von Moosen und Flechten. Ich kletterte über nackte Felsen bis in die Wolken. Ich kletterte über die Wolken hinaus. Die Kuppe des Berges ist eine schöne, gewölbte Ebene; auf ihr gibt es Quellen, an deren Rändern Veilchen wachsen, und die Leute da leben von ein paar Bäumen mit Pfirsichen, Mandeln und Oliven.«

»Sind die Leute nett?« fragte die Prinzessin.

»Sie streuen keinen Zucker auf Butterbrot.«

»Genug«, sagte die Prinzessin. »Was wirst du jetzt tun?«

»Ich denke«, sagte der Schuhu, »ich werde zu dem Berg zurückfliegen.« – »Nimmst du mich mit?« fragte die Prinzessin. »Wenn du willst«, sagte der Schuhu, »aber der Berg ist wirklich sehr hoch.« – »Ich denke, ich will«, sagte die Prinzessin.

Und dann flogen sie zu dem Berg zurück, und wenn sie sich nicht den Hals gebrochen haben, lebten sie, bis sie starben.

Ekbal, oder: Eine Theaterreise nach Babylon

Einleitung des Herausgebers

Die Entstehungsgeschichte dieser bedeutsamsten Urkunde über das vorzeitliche Theater gilt als historisch gesichert und ist so allgemein bekannt, daß der Herausgeber sich in der Lage sieht, sie hier ohne Umschweife mitzuteilen. Ohne Zweifel hat Ekbal seinen Bericht schon während der Zeit des babylonischen Aufenthaltes niedergeschrieben, und zwar nicht in einem Zuge, sondern, worauf die höchst mannigfaltige Beschaffenheit des von ihm verwendeten Schreibmaterials – es handelt sich um kleinere und größere Papyrusstücke, Zeitungsränder, Trambahnbillets, Palmenblätter, Tonscherben, ja, (Frgmt 12), ein mit Lippenstift bekritzeltes Damenstrumpfband – schließen läßt, an mannigfaltigen Orten, in mannigfaltigen Lagen und – so dürfen wir doch folgern – stets unter dem frischen Eindruck des Erlebten. Bei der Flucht über die Stadtmauer muß Ekbal ein knappes Drittel des Manuskripts verloren haben, das in die Hände der babylonischen Staatspolizei fiel. Den geretteten Rest diktierte er, nach Persepolis heimgekehrt, fünf Sklaven, so daß, das Original eingerechnet, sechs Exemplare des Hauptteils vorhanden gewesen sind. Eine Handschrift behielt er selbst, von den fünf anderen übergab er, der Schicksale aller Bücher eingedenk, je eine seinem Lehrer, seiner Geliebten, seinem Bruder, seinem Freund und seiner Frau. Habent, wie wir bereits andeuteten, suae fati; wir sind über dieselben unterrichtet. Als Ekbal das Original, welches er stets bei sich trug, von einem Taschendieb, der es für ein Portefeuille mit Investmentpapieren gehalten hatte, gezogen wur-

de, versuchte er sofort, eine der Nachschriften wiederzuerlangen; wie er zu seinem und der ganzen gelehrten Welt Leidwesen feststellen sollte, vergebens. Der Lehrer hatte das Manuskript verbrannt, weil er fürchtete, Ekbal könne durch dasselbe eines Tages berühmter werden als er selbst. Die Geliebte hatte es, zugleich mit allen anderen Andenken an ihre Beziehung zu Ekbal, anläßlich ihrer Verlobung mit einem Wechselstubenbesitzer aus Susa in den Araxes geworden; sie wollte keinen Schatten auf ihrem Ruf dulden, der ein jungfräulicher war. Der Freund hatte es aufgehoben, aber vergessen, wo; der Bruder hatte es in einer Waschschüssel aufgeweicht und verschluckt, nachdem er von einem Geistlichen gefragt worden war, ob er Geschriebenes besitze; die Frau endlich hatte es benutzt, um einem Feldwebel der kaiserlichen Leibwache, für dessen körperliches Wohlbefinden sie sich verantwortlich fühlte, bei mehreren morgendlichen Abschieden Schmalzgebackenes einzuwickeln. So blieb der Wissenschaft nur der hier abgedruckte Text erhalten: das sogenannte babylonische Drittel. Er fand sich, stark verschmutzt, teilweise unleserlich oder beschädigt, aber sonst sorgfältig geordnet, in den Archiven der babylonischen Staatspolizei, und zwar unter der Katalognummer MCMLXI-nebuk-Ek/H-333.

Ekbals »Theaterreise« ist mehrfach ediert worden, zum letzten Mal im Herbst. Die Länge der vergangenen Zeit im Verein mit zwingenden wissenschaftlichen Gründen machte eine Neuausgabe unentbehrlich. Der Herausgeber hat es für richtig gehalten, das Frgmt 5(a) nicht wie alle seine Vorgänger zwischen Frgmt 5(b) und 5(c), sondern zwischen Frgmt 4 und 5(b) einzureihen, wodurch sich der Sinn zwar nicht im mindesten ändert, jedoch offenbar mit viel reinerer Deutlichkeit zutage tritt. Fernerhin legt der Herausgeber einen Ergänzungsversuch zu dem Frgmt 9 vor, welcher, sofern ihm die Anerkennung der Fachkreise beschieden wäre, dieser sich scharfsinnigster Interpretation verschließenden Stelle zu neuer Verständlichkeit verhelfen und dieselbe weitestgespannter Erörterung zugänglich machen könnte. Der Fortgang der Wissenschaft hängt durchaus nicht vom

Bekanntwerden neuer Tatsachen ab; es ist der rastlos forschende Geist des Menschen, der alte Tatsachen in neue umschafft! Schließlich mag sich der Herausgeber nicht versagen, sich zu einer Frage zu äußern, die, seit Auffindung des Manuskripts, die Gelehrten beschäftigt: Warum redet Ekbal von sich in der dritten Person? Der Text ist in Ekbals eigener Handschrift und folglich – wenn anders Folgerungen überhaupt gestattet sein sollen – von ihm selbst verfaßt; dennoch erscheint er darin als Ekbal; der Name Ekbal scheint Ekbal mehr zu besagen als das Fürwort ich. Der Herausgeber gesteht, daß ihm die Aufklärung des Rätsels fast unwillkürlich zufiel: mittels eines plötzlich gezogenen Schlusses von seiner, des Herausgebers, Person auf die des Theaterreisenden. Ein Mensch ist, objektiv betrachtet, ein Wesen ohne jede Bedeutung. Seine Gefühle teilt er mit jedermann, was er weiß, hat er gelesen, und seine Handlungen würden, unterließe er sie, andere vollbringen. Nichts an ihm ist einmalig, alles ersetzbar. Er ist einer von unendlich vielen, also eine Null; denn eins abgezogen von unendlich, bleibt unendlich. Wünscht ein Mensch, verführt von der Schwäche des Stolzes, sich eine Art von Bedeutung beizulegen, muß er notwendigerweise den subjektiven Betrachtungsort einnehmen, von welchem aus er sämtliche Gegenstände auf seinen inneren Punkt bezogen wahrnimmt; so rückt er sich, in gewissem Sinne, in den Mittelpunkt der Welt. Von innen her hat er, was er von außen nicht hat: Wichtigkeit. Wenn denn nun ein Mensch bereit ist, von dieser seiner einzigen Besonderheit abzusehen, das Ich dem Er zu opfern, unter die anderen Menschen zurückzutreten und sich, als Vergleichbarer, vergleichen zu lassen, so kann dies keinen anderen Grund haben als den Willen zum offenherzigen Eingeständnis seines eigenen Überflüssigseins, kurz: seine schöne Bescheidenheit. Warum legt Ekbal Wert darauf, an Babuk, Usbek, Schah-Baham gemessen zu werden? Warum will Ekbal Ekbal sein? Weil er niemand sein will! Diese vom Herausgeber erstmals nachgewiesene Tugend (Bescheidenheit) wird den Charakter des Theaterreisenden, mehr noch als seine schon bekannten anderen, dem Leser liebenswert machen und – trauteste Blume aus dem staubigen Boden der Philologie! – menschlich recht naherücken.

Eine Theaterreise nach Babylon

1

Das lederne Boot war kreisrund, und mit seiner senkrecht umlaufenden Wand erinnerte es Ekbal an das Blatt der indischen Seerose. Es war mit Stroh gefüllt. In dem Stroh staken, einer dicht neben dem anderen, rote Tonkrüge; mittschiffs gab es ein leichtes Zelt aus Kamelwolle, und an einer Stelle außen stand, an dem Skelett von Weidenruten festgebunden, ein Esel. Es war das einzige Fahrzeug im Hafen von Ninive.

Ekbal lief die Mole hinunter; denn der Besitzer des Bootes, an seiner Mütze und dem weißen Wollmantel, den er, der Hitze wegen, über dem langen Leinenhemd trug, als Armenier kenntlich, war eben im Begriff, sich mit einer Stange ins freie Wasser des Flusses hinauszustoßen. »Mein Herr«, sagte Ekbal, etwas außer Atem, »warten Sie, ich benötige einen Platz.« – »Ich bin Ihr Sklave«, sagte der Armenier, »aber ich habe, wie Sie sich überzeugen können, keinen Platz frei.« – »Das tut nichts«, sagte Ekbal. »Ich muß nach Babylon; wir werden also Platz schaffen.«

»Jüngling«, sagte der Armenier, und er wickelte, in Gedanken verloren, eine Locke seines Nackenhaars um den linken Zeigefinger; »ich hätte selbst nichts gegen einen Reisegefährten einzuwenden, denn die Fahrt ist lang und eintönig; Sie sehen indessen, daß neben meinem Esel, meinem Sesamöl und mir kein Fußbreit Bodens mehr frei ist.« –

»Ich bin ja nicht blind«, sagte Ekbal. »Sie lassen den Esel hier.«

»Ebensogut könnte ich das ganze Schiff hierlassen«, sagte der Armenier. »Wenn ich in Babylon mein Öl und mein Stroh verkauft haben werde, werde ich diesem Esel die Schiffshülle aufladen, und er wird sie mir stroman tragen.« – »Ich weiß das«, sagte Ekbal ungeduldig, »glauben Sie, ich mache diese Reise zum ersten Mal? Ich kaufe den Esel, und ich kaufe die ganze Bootshaut, und ich bezahle meinen Reiseplatz; ich bin Ekbal, Sohn des Statthalters in Urartu, verstehen Sie.« – »Ich verstehe«, sagte der Armenier, »daß Sie, o Ekbal, Anspruch haben, die Stelle meines Esels einzunehmen.«

2

Gespräche auf dem Euphrat. Ekbal liegt gewöhnlich, den Kopf im Schatten des Bootsrands; der Armenier steht, auf die Stange gestützt, und dreht an seiner Locke oder stakt in dem gelben Wasser, um das treibende Fahrzeug von Sandbänken fernzuhalten.

– Ich wäre nicht Kaufmann geworden, wenn ich nicht neugierig wäre. Es reisen wenig Personen nach Babylon, und schon gar nicht solche, die es sich eigenes Geld kosten lassen; Ihr Zweck muß also dringlich sein. Darf ich versuchen zu raten? Politik?

– Ich kümmere mich niemals um Politik. Mein Vater ist Politiker.

– Geschäfte also.

– Nicht Geschäfte.

– Es hat wenig Sinn für mich, die Lösung zu treffen, wenn Sie sie dann doch nicht eingestehen wollen.

– Sie werden sie nicht treffen. Sie heißt: Theater.

– Wahrhaftig, und was ist das?

– Theater ist eine Veranstaltung, wo von Menschen, die sich als Personen ausgeben, die sie nicht sind, und mittels von

Vortäuschungen bebauter und unbebauter Landschaft aus Pappe oder bemaltem Tuch Abbildungen der Welt gegeben werden.

– Abbildungen der Welt? Ähnliche?

– Ganz unähnliche. Die Sache geht in einem tiefen Kasten vor sich, in den die Zuschauer von vorn hineinblicken und nach dessen offener Seite die Schauspieler sich stets wenden. Die Häuser sehen kaum aus wie Häuser und die Berge in sehr geringem Maße wie Berge. Die Menschen, welche hölzerne Masken tragen, sprechen nicht zueinander wie wir beide eben oder jedermann, sondern in Zeilen von gleicher Länge und immerwiederkehrender Betonung, auch in raren Worten; endlich was unter ihnen gehandelt wird, sind unwahrscheinliche Begebenheiten oder sogar unmögliche; denn oft treten Geister und Götter auf, was sie, außer man glaubt den Magiern, in der Wirklichkeit ja nicht tun.

– Um das zu sehen, reisen Sie nach Babylon?

– Alljährlich, man sieht das nirgends besser als dort.

– Alljährlich! Ich vernehme das, o Ekbal, von dem Ort her, wo ich sonst meines Esels Stimme zu hören gewohnt bin. Damit will ich weiter nichts sagen, aber was ist der Nutzen solcher unähnlichen Bilder?

– Sie lehren uns die Welt begreifen.

– Lieber Es ..., Ekbal, ich möchte da, ohne von dem ganzen Zeug näher unterrichtet zu sein, einen Vorschlag machen. Wäre – soll es schon die Welt kennen lehren – das Theater nicht vernünftiger so eingerichtet: Es spielte sich nicht in einem Kasten ab, sondern auf einer freien Fläche, wo die Zuschauer, wie sie das in der Welt auch können, zwischen den Agierenden herumwandelten oder -säßen; der gemeinte Ort wäre naturgetreu nachgeahmt; die Menschen aber würden sich glaubhaft verkleiden, ordentlich reden und eine Geschichte darstellen, so wie sie geschehen ist?

– In gewisser Hinsicht wäre das vernünftiger. Aber wäre es, in derselben Hinsicht, nicht noch vernünftiger, man ginge dann, statt ins Theater, gleich auf die Straße, den Markt oder den Gerichtsplatz?

– Darauf, scheint mir, will mein Vorschlag hinaus. Nichts kann der Welt so ähnlich sein wie die Welt.

– Und doch wissen wir so wenig über sie und wissen wir so schlecht mit ihr umzugehn.

– Wir müssen sie genauer untersuchen.

– Wir müssen sie genauer untersuchen wollen; nämlich der Wunsch zu wissen ist schon mehr als das halbe Wissen. Es geschieht selten, daß wir erkennen: einer ist böse, und ihn dann hassen, oder: er ist gut, und ihn dann lieben. Für gewöhnlich hassen wir einen und erkennen daher, daß er böse ist, oder erkennen, weil wir ihn lieben, seine Verdienste. Es verhält sich auch nicht so, daß wir einen Weg finden, unsere Lage zu verbessern, und es dann tun, sondern die Begierde, unsere Lage zu verbessern, treibt uns auf die Suche nach einem solchen Weg. Das Theater nun lehrt uns wissen, indem es in uns die Gefühle aufregt, die wir hätten, wenn wir wüßten. Mit diesen Gefühlen versehen, werden wir die Welt mit mehr Aufmerksamkeit betrachten, und unsere Einsichten, falls wir sie erlangen, werden in diesen Gefühlen haften oder Wurzeln schlagen; denn daß ein Gedanke bloß gedacht ist, heißt nicht, daß man ihn auch hat. Das Theater zeigt wenig genau, wie die Welt ist, aber es zeigt überaus genau, was von der Welt zu halten ist.

– Wenn ich das begreife, o Ekbal, aber ich begreife nicht, warum man die richtigen Gefühle durch unrichtige Abbilder herstellen muß.

– Sie sind nicht unrichtig.

– Aber doch unähnlich.

– Sie sagen es, mein Freund. Das Hauptgefühl übrigens, welches, was es auch sonst immer vorhat, das Theater hervorruft, ist das Gefühl, daß wir die Welt machen, nicht sie uns. Deswegen muß die Welt des Theaters kenntlich sein als eine gemachte, vom Fußboden bis zum Himmel.

– Oha! Wir machen den Himmel!

– Freilich. Wir Perser machen uns einen anderen als ihr Armenier, und die Babylonier machen sich wieder einen anderen als wir beide.

– Ich denke nicht, daß sie sich einen anderen Himmel machen. Sie machen sich nur andere Gedanken darüber.

– Das läuft, was die Folgen anlangt, ziemlich aufs Gleiche hinaus, nicht wahr? Der König im Theater also ist der König, aber er ist zugleich der Maler, der die Maske geschnitzt hat, der Schauspieler, der ihn darstellt, und der Dichter, der ihm Worte und Handlungen vorschreibt; wenn wir dies durchblicken lassen, so erzeugen wir das Gefühl, daß auch der wirkliche König ...

– Halten Sie ein! Nicht weiter! Sie sind imstande anzudeuten, daß selbst der König von Menschen gemacht sei.

– Ich gebe zu, das ist ein sehr heikler Punkt. Aber weiß man es? Und wüßte mans, vielleicht würde man ihn nicht machen?

– Den Göttern Dank, wir sind angekommen. Um ein Haar hätte ich Sie jetzt geheißen, mein Schiff auf den Rücken zu nehmen und zurück nach Ninive zu tragen; aber da Sie mich so gut bezahlt haben, unterdrücke ich alle Anspielungen.

3

Einer der Gründe, aus denen Ekbal die Stadt Babylon liebte, war ihre Fähigkeit zu überraschen. Die Stadt änderte sich dauernd. Sie verblieb in einem Zustand nicht länger, als bis man an ihn gewöhnt war, oft nicht einmal so lange. Wenn man sich eben entschlossen hatte, sie wegen eines unerträglichen Zuges, der ihr mit Notwendigkeit anzuhaften schien, zu verdammen, legte sie ihn ab, aber sie war in gleicher Weise fähig, eine erfreuliche und allgemein begrüßte Eigenheit von einem Tag zum andern gegen eine barbarische Unart einzutauschen. Im großen und ganzen war sie auf einem guten Wege; darüber hinaus konnte man sich auf nichts verlassen. Städte und Frauen von solcher Beschaffenheit sind es, von denen man nicht loskommt.

Dennoch war Ekbal, der auf alles gefaßt war, überrascht.

Das Leben der Babylonier war glücklich geworden. Die Leute liefen mit sorglosen Mienen und neuen Gewändern in den Straßen herum, deren vierstöckige Häuser weiß in der Sonne schimmerten. Die Hirse war reichlich zu haben, zwei Seah Weizen kosteten einen Sekel. Die meisten Kuppeln waren frisch vergoldet, der Etemenasuki-Turm war um zwei weitere Mannslängen gewachsen, die neue Brücke über den Euphrat mit ihren erzenen Toren und mächtigen Steinquadern war frisch eröffnet, und als Ekbal die blau und ockerfarbene Prachtstraße zum Ischtar-Tor hinunter ging, fehlten die Gerüste, auf denen sonst eine ausschließlich für diesen Zweck bestellte Bauhütte damit beschäftigt war, die herabgefallenen Fliesen wieder anzukitten. Babylons Plätze waren überfüllt, heiter und weitläufig.

Babylons Theater waren leer, trostlos und elender als die in Susa, Ninive oder jeder anderen persischen Provinzstadt. Dies ist die Liste der Vorstellungen, die Ekbal besuchte:

Die Liste fehlt, d.H.

Die neuen Stücke – jedenfalls ihre ersten Akte, denn mehr von ihnen zu sehen, war Ekbal außerstande – waren von unübertrefflicher Langweile. In ihnen, oder doch in ihren ersten Akten, geschah nichts. Wenn sie von großen Gegenständen handelten, taten sie es auf eine kindische und unglaubwürdige Weise; meistens jedoch handelten sie von den belanglosen Begebenheiten einiger mürrischer und verzagter Leute, die einander dauernd versicherten, daß sie ein goldenes Herz hätten. Keines von ihnen enthielt einen Gedanken, und ihre Sprache war von einer solchen Niedrigkeit, wie sie nicht in den Markthallen oder Destillen, höchstens auf behördlichen Formularen vorkommt.

Mit den Aufführungen verhielt es sich nicht besser. Die Schauspieler, deren Ruhm einst gewesen war, daß sie vermochten, die merkwürdigsten und wichtigsten Verhaltensweisen der Menschen aufzuspüren und in Gebärden, des Leibs oder der Rede, von edler und anmutiger Form erscheinen zu lassen, standen entweder sinnlos herum und dröhnten entmenschte Worte oder aber gaben sich völlig ungeniert und kochten und tranken ihren Kaffee auf der Bühne, so wie sie ihn zuhause kochten und tranken. Die Dekorationen endlich waren wie die in Meiningen (einem Häuptlingsdorf an der irischen Küste), nur billiger.

»Babylon, wankelmütige!« rief Ekbal aus, »auf zwei Dinge hätte ich einen furchtbaren Eid geleistet: daß für alle Ewigkeit die Fliesen von deinen Wänden fallen würden und deine Theater genannt sein vor denen der bewohnten Erde. O Babylon!«

Indessen beruhigte er sich nicht bei diesem Ausruf, sondern schickte sich unverzüglich daran, die Ursachen solchen Verfalls zu erkunden.

4

Spielt offenbar in dem Bureau eines der führenden Schauspielhäuser. Gesprächspartner sind ein Schriftsteller, der ein Stück vorgelegt hat, und zwei Schriftstellhelfer. Einige Kommentatoren haben die Meinung vertreten, daß tatsächlich nicht zwei, sondern drei Schriftstellhelfer zugegen seien, und darauf gefußt, daß, obgleich nur zwei Schriftstellhelfer zu Wort kommen, einer derselben als »dritter Schriftstellhelfer« bezeichnet ist. Der Herausgeber schließt sich der verständigen Mehrzahl seiner Vorgänger an, die hier einen Flüchtigkeitsfehler Ekbals nachgewiesen haben. Es wäre völlig widersinnig anzunehmen, daß ein

Kunstinstitut eine Person dafür bezahlt, daß sie während des Verlaufs einer so ausführlichen und so wichtigen Unterredung nichts sagt. (D.H.)

Erster Schriftstellhelfer: Der Gesichtspunkt also, unter dem Sie Ihr Stück umschreiben müssen ...

Schriftsteller: Wie, ich soll es umschreiben?

Dritter Schriftstellhelfer: Nun, das versteht sich ja von selbst.

Schriftsteller: Aber ich glaubte, Sie hätten mich wissen lassen, daß Sie es annehmen würden.

Dritter: Gewiß, mein Lieber, das haben wir.

Schriftsteller: Um es aufzuführen.

Dritter: Um es umzuschreiben. Das müssen wir doch nicht mehr besprechen; wir verhandeln hier doch nicht über das Ob, sondern über das Wie. Nichts entsteht ohne Zusammenarbeit. Sie schreiben für uns, wir denken für Sie; mit anderen Worten, Sie geben das Stück, wir die Gesichtspunkte.

Erster: Der Gesichtspunkt also ist: das Wahrliche.

Schriftsteller (erbleichend): Wie, mein Stück wäre nicht wahrlich?

Erster: Natürlich nicht.

Schriftsteller: Ich versichere Sie, ich habe mich mit meinem Gegenstand gründlich beschäftigt. Ich kann Ihnen Unterlagen über jeden einzelnen Vorgang ...

Dritter: Es ist immer der alte Quas. (Zu dem Schriftsteller): Mein Lieber, der Begriff des Wahrlichen, auf dem, bei aller Breite und persönlichen Freiheit, jede Kunstauffassung beruhen muß, wird so hartnäckig mißverstanden, daß es schwer fällt, nicht an bösen Willen zu denken. Immer wieder vermischt man ihn mit Begriffen, mit denen er nicht das mindeste zu tun hat, wie dem des Wahren oder gar des Wahrhaftigen. Das Wahrliche, um es zum hundertsten Mal zu wiederholen, ist nicht schlechthin, was ist, auch nicht, was häufig ist, sondern ausschließlich dasjenige, wovon uns angenehm ist, daß es ist. Ich wollte, der Palast erlaubte uns, ein genaueres Wort zu verwenden, wie zum Beispiel: das Erfreuliche, oder: das Vorbildliche; wieviel Verwirrung oder – was wir Ihnen nicht unterstellen, aber oft genug erleben müssen – Böswilligkeit wäre mit einer solchen Wortwahl ausgeräumt. Sie sehen übrigens, daß wir uns hier nicht scheuen, den Palast zu tadeln; ich tat es soeben selbst.

Schriftsteller: Ich habe nicht das Bedürfnis, den Palast zu tadeln, nicht einmal, wenn ich betrunken bin, und ich glaube, das zeigt sich in meinem Stück. Was daran finden Sie nicht wahrlich?

Erster: Ihr Stück spielt auf einer Hühnerfarm.

Schriftsteller: Ja.

Erster: Das halten Sie für wahrlich?

Schriftsteller: Unbedingt.

Erster: So haben Sie in Ihrer Weltfremdheit übersehen, daß auf einem königlichen Meierhof zu Uruk ein Tier gehalten wird, welches Vogel Strauß genannt ist und bereits mehrere Eier gelegt hat? Ein Straußenei hat das Gewicht von dreißig Hühnereiern; das bedeutet, ein Strauß ist dreißig Mal wahrlicher als ein Huhn.

Schriftsteller: Ich verstehe nicht, was Sie damit sagen wollen.

Erster: Daß Sie aus Ihrer Hühnerfarm eine Straußenfarm machen müssen.

Schriftsteller: Obgleich es im ganzen Reiche erst einen Strauß gibt?

Erster: Das spielt keine Rolle. Seit dem Tage, wo es den Strauß gab, sind sämtliche Hühner vom Gesichtspunkt des Wahrlichen her nicht existent.

Schriftsteller: Nun gut, ich widerspreche Ihnen nicht.

Erster: Sie werden das ändern?

Schriftsteller: O nein.

Erster: Wie, nicht?

Schriftsteller: (mit einem tückischen Grinsen): Ich habe von meinem Bruder, der soeben aus Uruk eintraf, sichere Nachricht erhalten, daß der Strauß vor drei Tagen gestorben ist. Hiermit, denke ich, ist der Punkt erledigt.

Dritter: Keineswegs. Wir sind vielmehr gezwungen, noch tiefer zu forschen, noch wissenschaftlicher vorzugehen. Die Frage stellt sich nunmehr so: kann wahrlich sein, was es nicht gibt?

Schriftsteller: Ihrer eigenen Bestimmung zufolge ...

Dritter: Die ist kein Dogma. Wir könnten sie ausdehnen auf Sachen, die es nicht gibt, aber geben wird.

Schriftsteller: Und gesetzt, eine Straußenpest rottete mit einem Schlag alle Strauße der Welt aus?

Dritter: Würden wir Sie dennoch ersuchen, Ihr Stück auf einer Straußenfarm handeln zu lassen, und zwar ohne anzudeuten, dies sei etwas Seltenes oder gar Unwirkliches. Und ich erlaube mir die Bemerkung, daß Ihr Wille zur Zusammenarbeit ebenso gering ist wie Ihr Betragen hochmütig.

Schriftsteller: Ich wollte Sie nicht verstimmen. Mir liegt viel daran, mein Stück an Ihrem Theater aufführen ...

Dritter: umschreiben ...

Schriftsteller: zu lassen. Aber nach welcher Bestimmung des

Wahrlichen müßte ich meine Hühner durch Strauße ersetzen, auch in dem Fall, daß die letzteren ausgestorben wären?

Dritter: Wahrlich ist, was verlangt w …

Hier folgt eine durch Verschmutzung unleserliche Stelle. Anscheinend hat sich, während besagten Schmutzes, der Schriftsteller zurückgezogen.

Ekbal: Ich wollte mich in Ihr Gespräch, obgleich es viel Bemerkenswertes enthielt, nicht einmischen; deshalb begrüße ich Ihre sehr freundliche Bereitschaft, meine Neugier weiterhin zu befriedigen. Wie entstand diese neuartige Arbeitsweise?

Dritter: Unsere Bühnendichter haben versagt.

Ekbal: Das finden Sie also auch!

Dritter: Wer fände das nicht? Da nun offenbar diejenigen, die dichten können, nicht dichten können, haben wir vernünftigerweise beschlossen, das Dichten den Leuten zu übertragen, die es nicht können, beispielsweise uns.

Ekbal: Glauben Sie denn, ein Genie wäre so leicht zu erzeugen?

Dritter: Freilich, das folgern wir daraus, wie leicht es ist, eins zu verderben.

Ekbal: Gibt es schon Theaterstücke, die nach diesem Verfahren hergestellt sind?

Erster: O ja, mein Herr, eines, und es ist überwältigend. Der Autor hat mit neunzehn Schriftstellhelfern zusammengearbeitet, und er hat überdies jede einzelne Szene, sobald sie den genügenden Grad von Wahrlichkeit erreicht hatte, einer Gruppe von einflußreichen Nichtdichtern vorgelesen.

Ekbal: Ich brenne darauf, es zu sehen. Wie heißt es?
Erster und Dritter: Es heißt: »Frau Nzifl«.

5(a)

... zwei berühmte Theaterdichter. Der eine von ihnen hatte, weil er den größten Teil des Tages in den Kolonnaden des Palasts zubrachte, den Spitznamen »der Bey« erhalten; der andere wurde, seiner bettelhaften Kleidung wegen, »der Mullah« genannt. Von dem Mullah hatte Ekbal, obgleich er regelmäßig die babylonische Fachpresse verfolgte, seit langem nichts gehört, und er war zu der Überzeugung gelangt, daß dieser Mensch verhungert oder in einer Schiffsanlegehalle erfroren sein müsse. Herrlich erblüht aber wie eine jener Wunderpflanzen, welche die bengalischen Fakire aus nichts emporwachsen lassen, war der Ruhm des Bey. Er nun eben hatte jenes Stück »Frau Nzifl«, dessen Besuch Ekbal so sehr empfohlen worden war, verfaßt, und Ekbal begab sich voll hochgespannter Erwartungen in den Babylonischen Eng-Tempel, wo »Frau Nzifl« vorgeführt wurde.

5(b)

Der Babylonische Eng-Tempel war die Gründung eines eurasischen Heiligen namens Bebe. Auf seinem Sterbebette hatte Bebe eigenhändig eine Rolle von Seidenpapier mit den Zeichen der vier Eigenschaften betuscht, die, seiner Lehre zufolge, Theater haben sollte; es waren dies aber die Eigenschaften Größe, Umwälzungskraft, Lebendigkeit und Sorgfalt. Hiernach war er verstorben, und bei dem entstandenen Streit unter den Erben war die Rolle zerrissen worden. Ihre Teile waren in verschiedene Hände gelangt; nur der Fetzen, der das Zeichen für »Sorgfalt« aufwies, war im Tempel verblieben. Nach ihm nun wurde verfahren; die restlichen drei Eigenschaften wurden zu Ketzerei erklärt, und es verhielt sich eigentlich so, daß fast jeder, der von Bebe gar nichts wußte, ihn besser verstanden hatte als die Tempelwächter, aber die besaßen das Zeichen, und keiner konnte da recht was machen.

Die Theorie des Eng-Bebeismus besagte, daß, mittels Sorgfalt, aus vielem Belanglosen Hervorragendes entstünde. Aus vieler Mühe, so lehrte man, wird Erfindung, aus vieler Einfalt: Vielfalt, aus vielem Gerede: Handeln, aus vieler Zeit: Neues. Unter Berücksichtigung dieser Grundsätze hatte man an der Herstellung des Textes und der Aufführung der »Nzifl« zehn Jahre lang gearbeitet.

Der jetzige Hauptpriester des Tempels hieß Wewe.

5(c)

Das Stück begann mit allerlei alltäglichen Hin- und Widerworten; jedoch bald stellte Ekbal zu seiner Überraschung fest, daß es sich um ein Geisterdrama handelte. Die Hauptpersonen nämlich waren die Frau Nzifl, eine durch Kriegswirren von Hyrkanien ins Babylonische verschlagene Witfrau, und ein mächtiger Spirit namens Marduk. Die Nzifl war eine zänkische und verwirrte Alte von dem Schlage, in dem Bosheit und Dummheit einander ins Unermeßliche steigern, und sie bekämpfte, quälend und unberaten wie ein Insekt, alle Einrichtungen, die der König von Babylon zum Wohl seiner Untertanen getroffen hatte. Jedesmal aber, wenn sie – und sie war ja stellvertretend für die Hefe des Pöbels – einen Angriff gegen Staat und Palast begonnen hatte, griff der Spirit ein und verwandelte durch ein Wunder den Schaden in einen Segen, und bei jeder solchen Gelegenheit bewegte er einen ihrer fünf Söhne, daß der seine Erziehung vergaß, sich von seiner Mutter lossagte und beim

König Dienst nahm. Ekbal begriff, warum das Stück solchen Beifall bei den Behörden gefunden hatte. Es bewies, daß der Staat Babylon, da nicht von Menschen sondern vom Himmel gelenkt, unzerstörbar war, und daß er über eine spezielle Schutzgottheit verfügte, die alle Torheiten seiner Beamten und alle Schandtaten seiner Feinde zu einem dem Gemeinwesen förderlichen Ausgang umbog.

Der sorgfältige Stil, in dem das vorgeführt wurde, war magisch-allegorisch. Die Gebärden und Gänge der Schauspieler gründeten sich nicht auf das, was sie eben taten, sondern beinhalteten stets eine Mitteilung über die Welt der Gestirne.

Ekbal hatte den Dreh der Sache rasch herausgefunden, und als die zweite Intrige der Nzifl durch den Spirit Marduk abgewendet und der zweite Sohn zur Königstreue bekehrt war, rechnete er sich aus, daß sich, da noch drei Söhne übrig waren, der gleiche Vorgang in der gleichen Weise noch drei Mal wiederholen würde. So entschlummerte er in seinem Sessel und gab sich einem erquickenden Schlaf hin, aus welchem ihn erst die Pausenklingel in ein kunstliebendes, wissensdurstiges und sorgenvolles Dasein zurückrief.

5(d)

Während der Pause bat Ekbal einen der Bediensteten, ihm die Räume zu zeigen, die der Erinnerung an den großen Bebe geweiht waren. Es stellte sich heraus, daß nicht weniger als alle Räume an Bebe erinnerten; ein Umstand, der in Ekbal ein Gefühl von Fremdheit aufkommen ließ, denn soweit er sich entsann, hatten zu Lebzeiten Bebes die Räume an überhaupt niemanden erinnert. Im Kleidermuseum lag ein grauer Mönchsrock auf einem Stuhl. Ekbal bemerkte in dem Tuch eine wandernde Ausbeulung und schloß, daß sich etwas darunter bewege; »Vorsicht«, rief er, »eine Ratte.« – »Nicht doch«, erwiderte sein Führer, »das ist unser Wewe, er trägt die Sachen des Alten auf.«

»Entschuldigen Sie«, sagte Wewe zu Ekbal, »wenn ich in meiner Beschäftigung fortfahre, aber es kommen so viele Besucher hierher, Leute aus Gallien und Sansibar und Korea und Ionien und Leute mit Drachenflügeln, Fischschwänzen und Stirnaugen, darüber hinaus Leute aus kaum erforschten Ländern, unentdeckten Ländern, Ländern, die es aller Wahrscheinlichkeit nach nicht einmal gibt ...« Er ließ den Satz, der offenkundig längst nicht mehr auf eine grammatisch korrekte Weise zu Ende zu bringen war, in ein Murmeln auslaufen; Ekbal ergänzte ihn in Gedanken und verstand, daß Wewe sich nicht jedem dieser Besucher ungeteilt widmen könne. »Ich sehe«, sagte er höflich, »daß Sie schreiben; sicherlich an einem bedeutenden Drama.«

»An einem Brief«, berichtigte Wewe. »Der Tempel schreibt ausschließlich Briefe. Dieser Brief betrifft einen libyschen Altertumsforscher, dessen Enthauptung ich fordere, weil er sich geweigert hat, bei mir zu sitzen und mit mir Bier zu trinken.«

»Enthauptung«, fragte Ekbal, »ist das nicht eine ziemlich hohe Strafe?«

»Die höchste«, sagte Wewe.

»Das Vergehen«, sagte Ekbal, »ist schließlich ...«

»Das höchste«, fiel Wewe ein, »auch wenn es Ihnen gering vorkommt.«

»Wie begründen Sie das?« fragte Ekbal neugierig.

»Folgendermaßen«, erwiderte Wewe. »Der große Bebe war ein vollkommener Heiliger; der Tempel ist Bebe. Wer einen kleinen Tadel am Tempel übt – und es genügt, daß der Betreffende sich weigert, in unserer Gesellschaft Bier zu trinken, oder daß er Talent besitzt, oder daß er die Haare von vorn nach hinten kämmt –, tadelt das Vollkommene. Ein Verbrechen am Vollkommenen aber ist ein vollkommenes Verbrechen. So besteht unsere einzige und sehr ermüdende

Tätigkeit darin, diese vollkommenen Verbrecher mit Briefen zu verfolgen, und zwar 1. mit öffentlichen, welche wir an die Stadtmauer anschlagen, und 2. mit geheimen, die wir direkt an die verschiedenen Bureaux im Palast senden. Wollen wir nicht in die Kantine gehen und ein Glas Bier miteinander trinken?«

»Gern«, sagte Ekbal mit einer tiefen Verbeugung.

5(e)

Auf diese Weise versäumte Ekbal das erregende Geschick des vierten und fünften Sohnes Nzifl, und er erreichte seine Loge nur eben rechtzeitig, um das berühmte Schlußtableau mit anzusehen. Offenbar war es Marduk, dem Spirit, gelungen, auch das stumpfsinnige Gemüt der Nzifl zu enthärten und sie, zu des gesamten Publikums gewaltiger Verwunderung, mit ihren fünf Söhnen zu vereinen. Im nüchternen Licht des Eng-Tempels war somit die allerrührendste Gruppe angeordnet. Die Frau Nzifl segnete ihre fünf Söhne; zur gleichen Zeit segnete der König, der überraschend aufgetreten war, sie und die fünf Söhne, und der Spirit wiederum schwebte über allen und segnete den König und die ganze Familie Nzifl.

6(a)

Ekbal verfügte sich zu dem Höchstoberen Theatereunuchen, einem würdigen Herrn, den er auf jeder seiner babylonischen Reisen zu besuchen pflegte und dessen Gesellschaft er schätzte. Der Höchstobere Theatereunuch war kunst- und kinderliebend, obgleich er diese wie jene nicht selbst machen konnte. Er hatte eine dicke Nase, einen dicken Bauch und einen feinen Geschmack. Als Ekbal sich gegen zwei Uhr mittags bei ihm anmelden ließ, schüttelte er ihm herzlich die Hand, sagte alle anderen Verabredungen des Tages ab und führte ihn in einen hübschen, kühlen Garten, wo sie im Schatten einer Zeder Platz nahmen. Ekbal fragte:

»Warum ist das babylonische Theater so sauschlecht?«

Der Höchstobere blickte ihn verwundert an. »Es ist besser als je«, sagte er.

6(b)

Einige Aussprüche des Höchstoberen Theatereunuchen:

Der schöpferische Prozeß besteht in Folgendem: der Künstler studiert die Beschlüsse des Palasts und sucht Beispiele dazu.

Um über ein Kunstwerk wissenschaftlich zu urteilen, darf man es nicht lesen, sondern man muß hören, was sich in der Beamtenschaft über es herumspricht. Nur so erfährt man – ungetrübt durch Redegewandtheit oder artistisches Geschick – das ästhetisch Wesentliche: die Wirkung.

Ein Künstler, der, um den Preis seines Vermögens und Halses, darauf besteht, das vorzutragen, was er für die Wahrheit hält, ist ein Zyniker. Denn er stellt Wahrheit über Übereinkunft, Menschlichkeit über den Menschen. Wer die Wahrheit zu sehr liebt, liebt die Welt nicht.

Künstler sind grundsätzlich niedriger Arbeitsmoral zu beschuldigen. Keine Gesellschaft könnte aus Leuten bestehen, die freiwillig unbestellte Arbeit machen.

Die Künstler wollen Babylon besser, als es ist, die Staatsverbrecher wollen es schlechter. Beide wollen es anders.

Will ein Künstler dem Tadel an seinen Irrtümern entgehen, indem er die Irrtümer eingesteht, muß man von ihm fordern, daß er, zusätzlich, allgemein anerkannte Wahrheiten als Irrtümer verwirft. Das bezweckte Ergebnis eines Tadels ist nicht Einsicht, sondern Demut.

6(c)

»Warum«, fragte Ekbal gegen elf Uhr abends, »ist das babylonische Theater so sauschlecht?«

»Weil Babylon blüht«, sagte der Eunuch.

»Ich höre«, sagte Ekbal.

»Wodurch blüht Babylon?« fragte der Eunuch. »Es blüht dadurch, daß es eine stattliche Zahl von Kupferschmieden besitzt und einen König – den größten in seiner Geschichte –, der die Gilde der Kupferschmiede fördert, privilegiert und ermutigt und ihnen gestattet, sich und den Staat zu bereichern. Unser König – denn es ist nötig, daß ich auf ihn zu sprechen komme – hat eine Eigenart: er tut, was er tut, im Geheimen. Er deckt strenges Stillschweigen über alle seine Handlungen, insonders die rühmlichen. Deshalb sind die Künstler, die sämtlich zu seinen treuesten Anhängern zählen, seine Hauptfeinde.«

»Ich sehe noch nicht durch«, sagte der Theaterreisende.

»Neben der Gilde der Kupferschmiede«, fuhr der Eunuch fort, »gibt es eine zweite einflußreiche Zunft in unserem Land: die der Lanzenreiter. Bis vor kurzem gehörte ihnen die Macht allein, jetzt müssen sie sie mit den Kupferschmieden teilen. Beide Zünfte sind für den babylonischen Staat durchaus unentbehrlich. Die Lanzenreiter verteidigen ihn gegen die menschenfressenden Kilikier im Westen; die Kupferschmiede machen ihn schön und bewohnenswert. Das Unglück besteht nun darin, daß diese beiden unentbehrlichen Zünfte einander nicht ausstehen können. Die meisten Lanzenreiter sind im zivilen Leben faule, schmutzige und ungebürstete Burschen; die meisten Kupferschmiede würden niemals eine Lanze in die Hand nehmen.«

»Und für wen ist der König?« fragte Ekbal.

»Für beide«, sagte der Eunuch, »was bewirkt, daß beide ihn hassen.«

»Warum stürzen sie ihn dann nicht?« fragte Ekbal.

»Weil die Kupferschmiede fürchten, ihm würde ein Lanzenreiter folgen, und die Lanzenreiter, er könne durch einen Kupferschmied ersetzt werden. So ist seine Herrschaft ganz sicher; jede Zunft unterstützt ihn bedingungslos gegen die andere. Aber er muß natürlich vermeiden, seine Gründe zu nennen oder die innere Einrichtung unseres Landes bekannt werden zu lassen; die Lage ist nur stabil, solange sie unklar bleibt. Alle Schriftgelehrten sind angewiesen, über Dinge zu schreiben, die nicht sind, und über die Dinge, die sind, zu schweigen, auch wenn sie zu Babylons Ruhm und Ehre beitragen.«

Ein vermummter Schwarzer, der in den Farben des Königs gekleidet war, betrat den Garten und überreichte dem Höchstoberen Theatereunuchen ein Päckchen. Das Päckchen enthielt eine seidene Schnur.

»Ach, mein lieber Ekbal«, sagte der Eunuch und blickte nach dem Stand des schon aufgegangenen Mondes; »da haben wir uns wieder einmal richtig verplaudert.«

7

Eines Tages, als Ekbal an der geweißten Backsteinmauer der Zitadelle entlangschlenderte, fiel ihm eine Anzahl von Leuten auf, welche, aus verschiedenen Richtungen herbeieilend, in einer engen Pforte verschwanden. Neben der Pforte klebte eine Affiche, und Ekbal las zu seiner Überraschung, daß an diesem ungewöhnlichen Orte ein neues Stück des (von ihm totgeglaubten) Mullah aufgeführt werde. Der Titel des Stücks bestand aus einem im Persischen schwer wiederzugebenden Wort und bedeutete etwa so viel wie »Die Landfremde« oder »Die Gastrecht Heischende«. Ekbal hatte, obgleich, wie er später erfuhr, derartige Affichen an mehreren Stellen der Stadt angeschlagen und auch Auszüge des Stücks in der Zeitschrift »Heiliger Tag« veröffentlicht waren, von dem

Stattfinden der Veranstaltung nichts gewußt, und er dankte dem Zufall, der ihn zu dieser Stunde zu diesem Ort geleitet hatte. Er löste eine Karte, folgte den anderen Besuchern einen schattigen Gang hinab und gelangte in einen Kellerraum, wo sich zum ersten – und, denn das sollte sich in Kürze herausstellen, letzten – Male der Vorhang über dieser vortrefflichen Komödie hob und senkte.

Die »Landfremde« war ein patriotisches Stück aus der Zeit des Mazdakitenaufstandes; es handelte von der Inbesitznahme einer ländlichen Gegend durch die Armen und von der Vergeblichkeit der Gegenwehr der Reichen. Mit dem Land, so zeigte das Stück, erwarben die Armen auch unstoffliche Reichtümer wie Schönheit, Würde und Seelengröße, insonders führte es Frauen vor, die, befreit aus doppelter Not, alles ängstliche und zänkische Benehmen abgeworfen hatten und in den Streitigkeiten der Geschlechter Haltungen keuschesten Stolzes an den Tag legten. Verse von solcher Wucht waren auf dem babylonischen Theater bisher nicht vernommen und Szenen von solch tragischer oder burlesker Kühnheit nicht gesehen worden. Der Haupteindruck aber, den Ekbal empfing, war der einer spröden Scheu und äußersten Zartheit; denn wie der Einsiedlerkrebs den verletzlichen Leib in einem Schneckenhaus verbirgt, verbarg der Mullah in vollkommener Form sein leider allzu verletzliches Gemüt.

Nun hatte der Mullah für dieses Stück eine szenische Neuerung erfunden. Alle Schauspieler betraten die Bühne mit dem Rücken zum Publikum und zeigten demselben erst eine Zeitlang ihre hintere Seite, bevor sie sich, im Laufe der Handlung, umwandten und ihre Gesichter sehen ließen. Ekbal verstand sogleich den Zweck dieses Verfahrens: die schöne Tatsache, daß der Mensch ein Gesicht hat, sollte nicht vorausgesetzt und damit vergessen, sondern entdeckt und damit erwogen werden. Um Ekbal herum aber saßen die Kritiker der babylonischen Zeitungen. Sie begannen, miteinander zu tuscheln, und sie tuschelten so laut, daß Ekbal, trotz seiner Begeisterung, gezwungen war, auf das hinzuhören, was sie sagten. Offenbar waren sie unfähig, über eine Sache mehr als einen Gedanken zu haben oder eine einmal gehabte Meinung mittels des Augenscheins zu berichtigen, und sie behaupteten, des Mullahs Personnage bestünde ausschließlich aus Ärschen, was eine Beleidigung der dörflichen Händerührer* darstelle; einige äußerten sogar, sie selbst bestünden, wie ihnen ihr Spiegel zeige, nur aus Vorderseiten. Das Tuscheln und Murren schwoll immer mehr an und übertönte bald die Stimmen der Schauspieler. Plötzlich drang eine Rotte von Lanzenreitern ...

8(a)

In seinem Hotel fand Ekbal einen Brief vor, den die Akademie der erbaulichen Künste an ihn gerichtet hatte. »Hochverehrter Herr Ekbal«, so lautete der Brief, »da wir auf das Urteil Fremder, wenn es günstig ist, stets sehr hohen Wert legen, erlauben wir uns die höfliche Anfrage, ob Sie bereit wären, unsere nächste Versammlung durch einen Vortrag zu

* *Den Sinn des Ausdrucks »Händerührer« hat die Forschung nie ergründen können, obgleich sich aus allen zeitgenössischen Dokumenten ein ziemlich klarer Sprachgebrauch ergibt: Kein Kritiker bezeichnet seine Meinung als seine Meinung, sondern er stellt sie dar als die der Händerührer. Was für eine Art von Individuen nun aber diese Händerührer gewesen sein mögen, läßt sich nicht ermitteln, noch schließen. Die aufgestellte Theorie, es handle sich um die Geldgeber der Kritiker, steht auf schwachen Füßen, da das Idiom lautet: unsere Händerührer, nicht, wie es dann heißen müßte: meine Händerührer. Vermutlich sind sie überhaupt keine Menschen – für welche Annahme spricht, daß ihnen die widernatürlichsten und auseinanderstrebendsten Urteile zugeschrieben werden –, sondern Personifikationen der Alpträume des betreffenden Kritikers oder, wie neuerdings vorgeschlagen wird, seine Ahnen. D.H.*

schmücken.« Außer diesem Satz enthielt das Blatt noch die Unterschrift des Direktors und die Versicherung, daß dieser so freundlich sei, Ekbal zu grüßen. Ekbal sagte zu.

Er erschien zu der vereinbarten Zeit und wurde von einem Greis empfangen, dessen Alter er nicht zu schätzen vermochte; in den Jahrgängen über hundert fehlte es ihm an Erfahrung. Der Greis ging nicht auf seinen eigenen Beinen herum, sondern ließ sich von einem siebenjährigen Mädchen auf den Armen tragen. Da er längst alles Überflüssige hinter sich gelassen hatte, wog er nicht mehr viel. Er bat Ekbal, an dem Tisch der Bevorzugten Ränge Platz zu nehmen, wo, wie er erklärte, er selbst die Leitung der Versammlung innehatte.

»Auch bei uns in Persien«, sagte Ekbal, um irgend etwas zu sagen, »ist es Sitte, daß der Älteste den Vorsitz führt.«

»Bei uns nicht«, sagte der Greis. »Bei uns tut es immer und unbedingt der Jüngste.«

»Ha ha«, sagte Ekbal, der auf den Scherz, für den er diese Auskunft nahm, einzugehen trachtete, »Sie sind sicher kaum über zwanzig.«

»Zwanzig Tage?« sagte der Greis mißmutig, »das ist weit gefehlt. Ich bin jetzt, fast auf die Minute, zwei Tage alt.«

Nun begann Ekbal zu glauben, daß der Alte vielleicht nicht mehr ganz richtig im Kopf sei, und er sagte in dem geduldigen und vertrauensvollen Tone, in dem man zu Irren spricht: »Wie, mein Herr, zwei Tage schon, und ich hätte gewettet, Sie seien erst gestern geboren.«

»Doch nicht geboren«, sagte der Greis. »Umgeboren. Aber ich vergesse, daß Sie aus dem rückständigen Teil der Welt stammen und unsere verbesserte Lebensweise kaum kennen.«

»Durch einige Aufschlüsse hierüber«, sagte Ekbal, »würden Sie mich unendlich verpflichten.«

»Wir babylonischen Kulturschaffenden«, sagte der Greis, »gehören, mit nur wenigen bedauerlichen Ausnahmen, zu der Sekte der Umgeborenen. Sobald nämlich unsere Seele die mindesten Unreinheiten zu zeigen beginnt, begeben wir uns, in Bußgewänder gehüllt, zum Tempel der Ischtar, wo uns, in einer feierlichen und sehr heiligen Handlung, die Göttin eine neue, fleckenlose Seele verleiht. Diesen Tag begehen wir dann als unseren Umgeburtstag, und der meinige, wie ich Ihnen bereits mitteilte, liegt eben achtundvierzig Stunden zurück.«

»Wie oft wurden Sie schon umgeboren?« fragte Ekbal.

»Siebenundneunzig Mal«, entgegnete der Greis, »aber es gilt als ungemein taktlos, diese Frage zu stellen. Sie setzt voraus, daß der Mensch ein dauerhaftes Wesen sei, welches, sofern diese besagte Voraussetzung richtig wäre, von Übelmeinenden als wankelmütig bezeichnet werden könnte. In Wahrheit aber wird man durch den Akt der Umgeburt eine durchaus andere Person, eine Person, die von sich mit dem größten Recht sagen kann, sie habe nie während ihres ganzen Lebens die Meinung geändert.«

Mit dieser Mitteilung beendete der Vorsitzende das Gespräch. Er ließ sich von dem Mädchen eine Glocke in die zitternde Hand drücken; das Mädchen schüttelte seinen Unterarm, und die Versammlung war eröffnet.

8(b)

Aus Ekbals Vortrag vor der Akademie der erbaulichen Künste.

– Wenn ich von der dramatischen Kunst Totalität fordere, so will ich natürlich nicht sagen, daß ein Theaterstück alle Dinge oder Bewegungen der Welt in ihrer Vollzahl enthalten müsse. Gestatten Sie mir, verehrte Herrschaften, meine Idee anhand eines Bildes deutlich zu machen. Die Welt ist rund und also einem Käse vergleichbar. Schneidet man den Käse auf, kann dies so geschehen, daß der Mittelpunkt auf den Schnitt zu liegen kommt, wodurch zwei Halbkugeln von größtmöglicher Grundfläche entstehen. Es gibt außerdem

Schnitte, die den Mittelpunkt nicht treffen, sondern von dem Innern des Käses kleinere Kreise bloßlegen. Auch im Drama kann man die Welt von unendlich vielen Punkten der Oberfläche her in unendlich vielen Richtungen aufschneiden. Totalität aber meint, daß der Käse, ob längs, schräg oder senkrecht, jedenfalls mittendurch geschnitten sein muß.

8(c)

Fragen von Akademiemitgliedern.

– Sie sagen, die Welt sei Käse; soll das auch für Babylon gelten?

– Sie sagen, alle Dramatiker seien Aufschneider; wenden Sie das auch auf jene Dramatiker an, die Mitglieder der Umgeborenen-Gemeinde sind?

8(d)

Schlußwort des Vorsitzenden.

– Wir wollen doch, bei allem Freimut der Kritik, dem Vortragenden zunächst einmal für seine scharfsinnigen und wohldurchdachten Ausführungen danken. Ich gestehe, daß ich persönlich ihm mit stets regem Interesse gefolgt bin und sehr vieles für richtig oder jedenfalls bedenkenswert halte. Mir ist nur eine einzige Stelle nicht vollkommen klar geworden: wen meint er mit den »kleineren Greisen«, die man »bloßstellen« müsse?

9

Eine Notiz Ekbals, stark beschädigt

(1) ...se Akademiker (2) s.nd verdammte (3) Idio...

Ergänzungsversuch des Herausgebers

(1) gewisse

(2) sind (?)

(3) Idiognomiker (?), Idiopathen (??), Idiogyne (?)

10

In den meisten Ländern gilt für wahr, daß die Welt eine bewegliche Sache sei und daß die Literatur, welche ja mit der Welt auf irgendeine Weise verkettet ist, sich folglich ebenfalls in Bewegung befinden müsse. Bewegung aber entsteht, indem die einzelnen Bestandteile einer Sache sich gegenseitig bekämpfen. In diesem Kampf erweisen und vervollkommnen sie ihre jeweiligen Vorzüge, verändern sich, bilden ein stets neues Muster und verleihen also der Sache, die sie in ihrer Gesamtheit darstellen, eine unablässig wechselnde und unablässig sich verbessernde Beschaffenheit. Dies ist der Grund, warum Dichter mit unterschiedlichen Zielen sich mit ziemlich großer Erbitterung befehden; um sich aber wirksamer befehden zu können, pflegen sich diejenigen Dichter, die ähnliche Ziele verfolgen, in Gruppen zu einander zu finden. Anders in Babylon. In Babylon zählte man – neben dem Sternhimmel, der Regierung und dem Turm – die Literatur zu den unbeweglichen Sachen, und man hatte alle die einander feindlichen Dichter in einem Verein zusammengeschlossen, welcher den Namen »Eintracht« trug.

Es hatte sich nun eben zu der Zeit, da Ekbal in Babylon weilte, das Unumstößliche Orakel vernehmen lassen, zum zweiundzwanzigsten Mal seit seinem Bestehen. Mit großem Donner hatte es die Zulässigkeit der unerbetenen Rede verkündet. Zu Ehren des zweiundzwanzigsten Orakels hatte der Verein »Eintracht« seine Angehörigen versammelt und beschlossen, den Anlaß durch Verstoßung des Mullah aus dem Verein zu feiern. Auch Ekbal wurde zu der Festlichkeit geladen. Die Rolle des öffentlichen Beschuldigers war einem Rezensenten zugeteilt worden, den Ekbal nicht kannte; sein Name war Dr. Grauhals.

Dr. Grauhals: Das Stück »Die Landfremde« ist einer der schrecklichsten und gefährlichsten Anschläge gegen den babylonischen Staat. Zum Beweis genügt allein die Tatsache, daß es auf verschwörerische Weise dargeboten wurde: ohne Wissen der Obrigkeit in den Katakomben der Zitadelle.

Ekbal: Entschuldigen Sie, wenn ich mich einmische. Aber da hier sonst niemand sich äußern mag, wird es Sie sicher freuen, von mir zu erfahren, daß Sie sich irren. Die Aufführung war ja durch Affichen und im »Heiligen Tag« angekündigt, und es hat auch eine königliche Kommission die Probe besucht.

Dr. Grauhals: In dieser Öffentlichmachung liegt ja eben das Geheimhalten. Da die Aufführung so lautstark angekündigt war, konnte keiner vermuten, wie gefährlich sie ist, und mithin kümmerte sich niemand darum. Wäre sie in aller Stille vorbereitet worden, wäre das sofort aufgefallen, und der Tatbestand der Verschwörung läge dann nicht vor.

Ekbal: Zum Verständnis dieses Arguments fehlt mir vielleicht der Einblick, aber ich habe, offen zu sein, nichts Gefährliches an dem Stück gehört oder gesehen.

Dr. Grauhals: Das Stück vertritt zwei Lehrmeinungen, die ich selbst hier, unter Rechtdenkenden, nur mit

Schauder anführe. Es behauptet erstens, daß Kinder gezeugt würden durch wechselseitige Berührung der Geschlechtsteile eines Mannes und eines Weibes, und es sagt zweitens, daß es nicht genüge, einen für glücklich zu erklären, damit er es sei.

Ekbal: Stimmt das denn nicht?

Dr. Grauhals: Kein Wort davon; denn der Mullah hat, wie wir herausbekommen haben, 2000 Sekel und zwei Groschen sächsisch Schulden.

Ekbal: Viele große Dichter haben Schulden.

Dr. Grauhals: Der Mullah ist nicht nur kein großer Dichter, er ist überhaupt kein Dichter.

Ekbal: Wie?

Dr. Grauhals: Sie sehen doch selbst, lieber Freund, sein Stück wird nirgends gespielt.

Der Präsident des Vereins »Eintracht«: Gestatten Sie mir, die nützliche und freundschaftliche Debatte zu unterbrechen. Soeben erhalte ich ein Dokument, das geeignet ist, alle strittigen Punkte durchaus zu klären; es handelt sich um die Abschrift eines Briefes des Babylonischen Eng-Tempels an den König. (Er verliest, unter atemlosem Schweigen aller Anwesenden, den Brief): »Sire, wir haben das Stück des Mullah gesehen und verlangen seine sofortige Enthauptung. Im Namen des Babylonischen Eng-Tempels, der Bey.« (Der Präsident nimmt den Faden seiner Rede wieder auf): Das dürfte genügen. Ich stelle fest, daß die Verstoßung des Mullah aus dem Verein einstimmig – Sie, Herr Ekbal, haben bei uns leider keine Stimme – beschlossen ist; wir übergeben ihn zur weiteren Verfolgung den weltlichen Organen.

11

Die babylonische Gesetzgebung sah für unbotmäßige Schriftsteller zwei Strafen vor: die Strafe der Erörterung und die Strafe der Verbannung.

Die Strafe der Erörterung bestand in folgender Prozedur. Der Delinquent wurde auf dem Marktplatz an eine Säule gefesselt und mußte mit jedem, der das wollte, seine Sache erörtern. Als seine Gegner wurden aber nicht etwa Leute geschickt, die Bescheid wußten und ihn durch Gründe zu überführen vermochten, sondern vielmehr solche, die gar nichts wußten und sich auch für den Fall nicht interessierten. So war der Delinquent gezwungen, ihnen erst einmal auseinanderzusetzen, um was es eigentlich ging. Sobald er sich aber seinem Gesprächspartner von Grund auf erklärt hatte, verließ dieser den Markt, und ein anderer trat auf den Plan; dieser Vorgang wiederholte sich so lange, bis der Verurteilte durch Erschöpfung zusammengebrochen war.

Der Mullah fand milde Richter und wurde zur Verbannung in die Nefud-Wüste begnadigt.

Einschub des Herausgebers

An dieser Stelle enden – von einer letzten (Frgmt 12) abgesehen – die Aufzeichnungen des Persers Ekbal; indessen enthält die Akte der babylonischen Geheimpolizei noch weitere 4022 Dokumente. Es handelt sich um 4019 Bittschriften, Gnadengesuche, Treueversprechen und Huldigungsadressen sowie ein äußerst umfangreiches Lobgedicht, betitelt: »Über den Bau der drei Euphratschlingen durch die Königin Nitokris während der Regenzeit«, welche der Mullah von seinem Verbannungsort aus an den König gesandt hatte. Das 4020ste ist ein Antrag des Generalpostmeisters der mittäglichen Region. Wir geben ihn, be-

nebst einer Stellungnahme des Häuptlings der Lanzenreiter und dem königlichen Urteil, im Wortlaut wieder.

(4020) Antrag des Postmeisters
Der Postmeister der mittäglichen Region legt sein Leben zu Füßen des allererhabensten Königs. Er erlaubt sich zu bemerken, daß der Postverkehr zwischen der Nefud-Wüste und der Hauptstadt gering ist, denn die dort stationierten Lanzenreiter können weder schreiben noch lesen. Der gesamte Nachrichtendienst wird mittels eines einzigen Postdromedars besorgt, welches den Weg jeden dritten Monat zurücklegt. Inzwischen ist hier ein Verbannter eingetroffen, den man den Mullah nennt. Der Verbannte hat die Angewohnheit, alle zwanzig bis fünfundzwanzig Minuten einen Brief abzuschicken, dessen Beförderung die Post, da er stets an den Palast adressiert ist, nicht ablehnen kann. Die entstehenden Folgen sind von zweierlei Art, beide gleich verhängnisvoll. Entweder muß das Dromedar ohne jede Schlaf-, Sauf- oder Ruhepause zwischen der Wüste und Babylon hin und her rennen, oder es muß, wenn es seinen üblichen Plan einhält, eine Last von zwölf Säcken tragen. In jedem der genannten Fälle wird es unfehlbar krepieren. Der Postmeister ist ein Sklave des a.e. Königs, er hat keine Meinung. Gesetzt, er hätte eine, würde er untertänigst vorschlagen, den Verbannten, den man den Mullah nennt, ohne Verzug in Freiheit zu setzen.
(4021) Stellungnahme des Häuptlings der Lanzenreiter
Ein Lanzenreiter weiß auch ohne Schrieb, was er zu tun hat. Gelegenheit benutzen: mit der Literatur gleich das Postwesen abschaffen!
(4022) Urteil des Königs
Vorgang Mullah. Der Kerl wird laufen gelassen, N.

12

Im Nachtlokal »Ibis« traf Ekbal eine Schauspielelevin, die einen entzückenden Busen und lange rote Haare hatte. Er unterhielt sich mit ihr über den Streit zweier Spielweisen, der damals alle Schauspieler beschäftigte. Die eine Spielweise hieß der Handpuppenstil, die andere der Marionettenstil. Es ging hierbei um das Verhältnis des Schauspielers zu der von ihm dargestellten Person, genau zu sein, darum, ob er, wie die Hand in der Handpuppe, sich in seiner Rolle verbergen oder, gleich der Hand, welche eine Fadenpuppe führt, die Rolle sichtbar vor sich hertragen solle. Ekbal, der dem Marionettenstil anhing, erläuterte der Elevin seine Beweggründe, die er aus den schwierigsten Bereichen der Weltweisheit zusammengetragen hatte, und da sie ihn kein einziges Mal unterbrach, gewann er eine hohe Meinung von ihrem Verstand. So fragte er sie, ob er sie nach Hause begleiten dürfe.

»Sie oder ein anderer«, erwiderte sie mit vieler Artigkeit, »irgendeiner muß es ja tun.«

Als sie im Bett lagen, sagte die Elevin plötzlich: »Und was fühlen Sie bei dem traurigen Zustand unseres Theaterlebens?«

»Trauer«, sagte Ekbal erfreut.

»Es ist schrecklich«, sagte die Elevin, »aber ich sehe, Sie haben die Nachricht schon vernommen.«

»Welche Nachricht haben Sie jetzt im Auge?« fragte Ekbal.

»Daß man mir, unmittelbar vor dem Gastspiel in Kilikien, meine Rolle abgenommen und sie mit einem ganz talentlosen Trampel, das aber mit dem Regisseur schläft, besetzt hat«, sagte die Elevin.

Die Öffnung unter ihrem kleinen Hintern war feucht und warm, und Ekbal rief, während er sein kräftiges Glied in sie hineinschob:

»Was immer, von Menschen, Zünften oder Unsterblichen, unternommen werden möge, um das Theater zugrunde zu richten, es hat einen Kern in sich, der unzerstörbar ist.«

Und er dachte der Zukunft heiteren Sinnes.

Anhang:
Aus Ekbals letztem Willen

Eine Fälschung

Es will Ekbal beim Überblicken seines Lebens scheinen, als habe er weniger zu bereuen als viele andere, sei es, weil er minder Tadelhaftes verübt, sei es, weil die Gabe, eigene Fehler zu erkennen, ihm bis zur Stunde seines jetzt nahen Todes versagt geblieben. Er hat seine Jugend und damit seine kindische Vorliebe für die dümmlich unvollkommene Kunst des Theaters schnell hinter sich gebracht; er hat die Jahre der Reife, als Aufseher der Araxes-Schleusen, mit Dienst am Boden, Betrachtung der höheren Dinge und Genuß seiner Kunstschätze, seiner Rosen und seiner Frauen – wenn anders Leben nicht als solches schon Vergeudung bedeutet – ziemlich erfüllt. So bekümmert ihn eine einzige Handlung, die er wünscht, nicht begangen zu haben: sein Abirren in die poetische Sackgasse der Tatsachenschriftstellerei, und die anständige Pracht seiner Hinterlassenschaft steht vor seinem sich schließenden Auge geschändet durch den Makel jenes unglückseligen Büchleins, der leider so sehr bekanntgewordenen »Theaterreise«. *(Aus dem Satz ergibt sich, daß dieses ganze Codicill vom ersten bis zum letzten Wort zusammengehudelt ist; – Ekbal konnte von der Erhaltung, geschweige dem Ruhm seiner Schrift keinerlei Kenntnis haben. Sie sind ertappt, Herr Falsarius! d.H.)* Was Ekbal sich vorwirft, ist: er hat die Wirklichkeit gedichtet. Dichten ist Festhalten; gedichtete Wirklichkeit ist festgehaltene Wirklichkeit, und das Wesen des Wirklichen beruht eben darin, daß es sich nicht festhalten läßt. Der Umgang mit Geschehnissen gehört in die Zuständigkeit der Geschichtsschreibung oder der Theologie, jener Wissenschaften also, welche von Tag zu Tag geändert und auf den gültigen Stand gebracht werden können. Babylon hat sich, den Nachrichten, die Ekbal als letzte vernommen, zufolge, wieder ganz verwandelt. Die Künste blühen wieder frei und unbeschränkt und sind hierdurch vollends unleidlich geworden; dennoch fällt keine Kachel mehr von den Gebäuden, man baut inzwischen ohne Kacheln. Besonders schwer auf Ekbals Gewissen lasten die gegenwärtigen Zustände seiner Helden, des Mullah und des Bey. Der Mullah, hört Ekbal, hat seinen Unterhalt als Haupt einer Derwischbande, frommer und verrückter Räuber; seine – immer noch zarte – Seele zerstreut sich beim Pfählen, Bauchaufschlitzen und Abziehen der Haut von lebendigen Menschen; während andererseits der Bey das Briefschreiben fast eingestellt hat, Ekbal gelegentlich besucht und genug von seinem Dattelwein gekostet hat, um an seinem Sterbetag vielleicht nicht nur froh zu sein. All das war, als Ekbals Aufzeichnungen entstanden, nicht und ist heute. Seit aber dieselben durch die verfluchte List des Ahriman zum Vorschein gekommen, *(Aha! aha! und woher weiß er denn das? Hat es ihm der Teufel wohl gleich ins Ohr gewispert? d.H.)* ist, was nicht mehr ist und sein soll, zum andern Mal. Das Vergangene, so als sei es unerledigt und gleichsam auch statthabend, schimmert durch das Seiende; Ekbals Babylon macht sich auf demselben Platz breit, auf welchem das wirkliche Babylon sein Recht und seine Ausdehnung hat: solche Vernestelung der Zeit und räumliche Widernatur ist Ergebnis jener schuldbeladenen Gattung, der Tatsachenschriftstellerei, welche zu unternehmen er seine Nachfahren am Beispiel seines unter Selbstanklagen schwindenden Alters warnt und die vermehrt zu haben ihm der Richter am Ende der Brücke nach angemessener Bestrafung vergeben möge.

Geschichte meiner Oper

1

Das Schicksal kündigte sich nicht mit Paukenschlägen oder einem dumpfen Murren des Blechs an; es klingelte einfach an der Tür. Herein kam Siegfried Matthus. Er bat mich, einen Blick auf ein Libretto zu werfen, das ihm angeboten war. Ich fuhr fort, Tee zu trinken; ich warf einen Blick auf das Libretto. Ich ahnte noch nichts, da nicht und noch lange Zeit nicht; ich sagte: »Ich verbiete Ihnen, das zu komponieren.« – »Hieraus folgt«, erwiderte er sehr heiter, »daß Sie die Pflicht haben, mir ein besseres zu machen.«

2

Unser Stück hieß »Ariadne auf Naxos«. Es hatte eine lustige Ehegeschichte werden sollen, und soweit es an uns lag, war es das geworden. Ich kann jetzt nicht umhin, Ihnen die ganze Fabel vorzutragen. Natürlich wäre mir lieber, Sie könnten sich einfach zur Kasse verfügen, eine Karte kaufen und sich die Sache ansehn, aber wenn Sie diesen Bericht gelesen haben werden, werden Sie wissen, warum das so einfach nicht sein soll. Tatsächlich scheint von den Weisen, den Inhalt einer Oper zu erfahren, in diesem Jahrhundert nur eine einzige übrig zu sein. Man läßt sie sich vom Autor erzählen.

3

Ariadne – bekanntlich hatte sie sich in dem Krieg des mutterrechtlich organisierten kretischen Großreiches mit dem patriarchalischen Griechenland auf die Seite der Männer geschlagen; sie hatte, um den Preis eines Heiratsversprechens, Theseus geholfen, das Labyrinth zu durchqueren und ihren Bruder, den Minotauros, zu töten. Ich wußte eine Antwort auf die Frage, warum diese Frau das Vorrecht der Frauen verriet; weil sie zu träge war, es zu beanspruchen. Sie hatte, gleichsam eine mythische Esther Vilar, festgestellt, daß es für ihren Typ am einfachsten war zu herrschen, indem sie den Mann herrschen ließ und – statt, wie bisher, die Welt – lediglich mehr ihn beherrschte. Das Vaterrecht, fand sie, sei eben die richtige Regierungsform für die Frau, vorausgesetzt, sie behielt das Recht über den Vater. Aus diesem Grund überlieferte sie Mutter, Onkel, Bruder und Land dem Barbaren und klettete sich an ihn, den fortan zu Dank Verpflichteten. Nun, die Erfindung war wirklich von epochalem Belang, und man darf ihrer Urheberin keine Vorwürfe machen, wenn sie im Anfang eine Spur zu plump vorging. Die bloße Kletten-Methode erwies sich als unvollkommen; der Held wurde der anhangenden Gehilfin bald überdrüssig, und er ließ sie bei der allernächsten Gelegenheit, anläßlich eines Zwischenaufenthalts auf dem kaum ein paar Meilen vor Knossos gelegenen Eiland Naxos, sitzen. Hier saß sie nun zwischen den Felsen und hatte Zeit, über die Verfeinerung ihrer Taktik nachzudenken. Und als nach einer Weile der Gott Dionysos das Unglück hatte, ihren Weg zu kreuzen und ihren Hintern hübsch zu finden, zeigte sie, daß sie nicht gesonnen war, den Pionierfehler zu wiederholen. Sie gestand ihm, unter Tränen, daß ihr Herz einem Manne auf der Welt gehöre, dem Theseus, so wie auch dessen Herz keiner Frau als ihr, und daß, wenn Mißgunst einiger Götter sie einander aus den Augen habe zu reißen vermögen, dasselbe doch nimmermehr von ihren beiden Seelen werde gesagt werden können. Der sieggewohnte Gott, durch den Umstand ihrer Unerreichbarkeit in einen gewissen Eifer versetzt, beginnt sie zu lieben. Und sie erhört, unter Tränen, seinen Antrag: mit der Bedingung, daß er, sobald Theseus wiederkehre, sie zu holen, von ihr lassen und sie dem Besitzer des älteren und einzigen Anspruchs freigeben müsse. Dionysos geht in die Falle. Er gerät in jenen unglücklichsten aller Zustände, den das Ehepaar Kronhausen als Frustrationsneurose definiert und den die Männer so gern und so törichterweise mit Leidenschaft verwechseln. Je eindringlicher er um sie wirbt, desto abweisender rinnt ihre Zähre, und gelingt ihm, selten genug, ihr den Seufzer der höchsten Lust abzuringen, mengt sie dem Seufzer doch stets eine gewisse Färbung bei, die an den Namen Theseus erinnert. In der Tat, diese kalte und faule Königstochter läßt Dionysos an seiner eigenen Unübertrefflichkeit zweifeln; ihre Gunst erscheint seinem erkrankten Gemüt als der allein glaubliche Beweis seiner göttlichen Wiederherstellung; mit einem Wort, sie hat sich einen Ehemann erzogen.

4

Das ist die Vorgeschichte. Sie wird, nach einer Arie des gegen Ariadnes Zurückhaltung anbuhlenden Dionysos, in einem höchst dramatischen Duett mitgeteilt, in welchem Ariadne alle Künste der winzigen Lockung und tödlichen Verweigerung, Dionysos alle Stufen der Hingerissenheit und Selbstzerfleischung ausdrückt; ich wollte, jemand könnte das sehen oder hören. Sowie Dionysos sich endlich dem Ziele nah glaubt, bricht das Weib den ganzen Handel ab und singt, auf der Spitze einer klippigen Landzunge stehend, ihre Sehnsucht nach Theseus ins Meer hinaus. Der Gott krümmt sich in Qualen. Und auftritt ein wassersuchender Schiffsmann, der meldet, ein Fremder ankere unweit der Küste. Wer ist der

Fremde? – Poseidons Sohn. – O Ahndung, o Schauder! – Attikas König. – Kann es Theseus sein? Die Szene gipfelt in einem Terzett, worin Ariadne zu hoffen vorgibt, was sie am meisten fürchtet, Dionysos zu fürchten glaubt, was er am stärksten erhofft, und der Bote sich überhaupt nichts denkt. Auftritt Theseus und Vorhang. Ich will nicht zu ausführlich sein; Sie haben den Eindruck. Das Stück läuft ab in den gediegensten Peripetien. Es kommt natürlich zu einem Mißverständnis, demzufolge nicht nur Dionysos an Theseus' Liebe zu Ariadne glaubt, sondern, aller Vernunft entgegen, sogar diese selbst; es kommt, natürlich, zum Kampf, welcher mit viel Götterwerk und Wunder geziert ist, und es kommt, natürlich kurz vor der gegenseitigen Abschlachtung, zu Theseus' Erzählung, wie er die Kreterin, deren Namen er kaum noch erinnert, seinerzeit für das Minotauros-Abenteuer benutzt, lustlos verführt und, so schleunig er konnte, abgeschoben hatte. Das Stück ist eine Komische Oper und endet glücklich: die Männer lachen, miteinander und über diese Frau. Der geheilte Dionysos kümmert sich wieder um seinen Weinbau, Theseus setzt seine Expedition gegen die Amazonen fort, und Ariadne entleibt sich anläßlich eines vorgetäuschten Selbstmords.

5

Mich störte an dem Stoff, daß die Namen ein wenig schlicht und altvertraut zu Ohr gingen, aber Sie werden zugeben: in allem übrigen war es eine nette, runde Geschichte und unverwechselbar von mir. Über die Musik von Matthus will ich nichts sagen, weil ich von Musik nichts verstehe. Ich glaube aber, sie war so, daß sie mir, verstünde ich was davon, über die Maßen würde gefallen haben. – Wir wagten den Griff nach den Sternen und reichten unser Werk an keiner geringeren Bühne ein als an der »Gültigen Oper« zu B.

6

Die »Gültige«! Welcher Eingeweihte auf welchem der sechs Kontinente – ich rede also nicht nur von der Antarktis, wo sich ja immerhin einige Russen aufhalten; ich rede ausdrücklich sogar auch von Australien – welcher Eingeweihte, sage ich, erschauert nicht bei dem Namen? Ich weiß wohl, daß ich sie nicht rühmen kann, ohne Geläufiges zu wiederholen. Dieses Haus unterscheidet sich von üblichen Opernhäusern nicht etwa dadurch, daß es über begnadete Sänger, ein wohlunterrichtetes Orchester und treffliche Dirigenten verfügt; all das schließlich besitzt man anderswo auch. Was die »Gültige« allen Opern der Welt voraushat, ist, sie hat eine Theorie. Diese Theorie läßt sich, wie geniale Lehre stets, in einem ebenso einfachen wie umwälzenden Satze zusammenfassen. Er besagt, daß es sich bei der Oper um eben dieselbe Sache handle wie beim Schauspiel und daß folglich, was dem Theater recht sei, der Oper gar nicht billig genug sein könne. Auf Grund dieser Erkenntnis nun hatte die »Gültige« einen umfangreichen Vorrat von Kunstgriffen erarbeitet, um das – in Opern oft unvermeidliche – Vorkommen von Musik zu entschuldigen. Die Sänger hatten gelernt, so zu singen, daß man fast glauben konnte, sie sprächen oder faselten vor sich hin. Die Regisseure verstanden, das Publikum an Stellen, wo der Komponist sich aufdrängen wollte, durch possenhafte Sprünge oder lautes Gekreisch der Nebenpersonen von der singenden Person, d.i. der Musik, abzulenken. Und kurz, jene Unsitten aus der Zeit des verfallenden Lehnswesens, wo übersättigte Menschen eine Oper lediglich um der Anhörung einer einzigen schönen Arie willen aufsuchten, waren an der »Gültigen« absolut ausgeschlossen.

7

Nach einer angemessenen Frist der Entmutigung erreichten mich auf dem Gerüchtweg die erfreulichsten Auskünfte. Die »Gültige« hatte zwar das Werk nicht erworben, sollte seiner jedoch, als eines in ihrem Schoße geborenen, mit Stolz vor der Öffentlichkeit Erwähnung getan haben. Sie setzte, so glaubte man zu wissen, einen Aufführungsabend für es fest; ja sie betraute, wie man mir endlich zutrug, einen Regisseur mit seiner Einübung. Von dem Regisseur hatte ich – in seiner Eigenschaft als Szenarist, Dramaturg, Erzieher, Film- und Theaterspielleiter und Philosoph – schon vernommen; denn er hatte sich in diesen und anderen Künsten mit immer bedeutendem Mißerfolg hervorgetan und so, auf dem Wege der Ausschließung des Nichtgemäßen, den ihm zugeborenen Platz in der Kunstwelt gefunden. Er war nun Hauptregisseur der »Gültigen« und so berühmt wie die »Gültige« selbst. Dennoch konnte ich einen gewissen Argwohn gegen ihn nie loswerden, und, ehrlich zu sein, ich hielt ihn eigentlich eher für mittelmäßig. Diese Blätter werden zeigen, wie fern ich in dem Vorurteil der Wahrheit war. Erlauben Sie mir indes, ehe ich nun wirklich sofort beginne, eine Nachricht vorwegzuschicken, über die ich zu jener Zeit noch nicht verfügte, deren Besitz aber die Vorgänge erst vollends vergnüglich machen kann. Der Regisseur nämlich war, angeregt durch eine Darbietung des Hundetheaters ...

8

Kennen Sie Hundetheater? Das Hundetheater ist von den Formen der Schaubühne eine der poetischsten. Es besteht darin, daß verkleidete Hunde die Geschicklichkeit haben, in einer Dekoration, welche Serlios Scena Comica ähnelt, auf den Hinterbeinen aus einer Tür heraus und in eine andere

Tür hinein zu laufen. Die Hunde sind, durch ihr Kostüm, als bestimmte Figuren kenntlich, als Pfarrer oder Apothekerin, Apotheker oder Dirne; die Türen aber zeigen die Orte an, Pfarrhaus, Apotheke, Bordell. Je karger die Mittel einer Gattung sind, desto nachdrücklicher fordern sie die Phantasie des Künstlers. Es hatte mich stets gereizt, ein Stück fürs Hundetheater zu schreiben: ein Stück, dessen gesamte Verwicklung sich daraus erklärt, wer wann aus wessen Haus in wessen Haus geht; denn, wie gesagt, mehr können die Kreaturen nicht.

9

Der Regisseur – hier hatten wir innegehalten – war, angeregt durch eine Darbietung des Hundetheaters, auf den Plan verfallen, Hunde in der Oper zu verwenden. Er hatte, gleich mir, als ihre Tugend begriffen, daß sie nicht singen können. Und er hatte begonnen, ein Libretto über den Nordpolforscher Greely zu verfassen, in welchem derselbe mit seinem Hundeschlitten die arktische Region – wo, das aber nun wirklich nur nebenbei, die »Gültige Oper« ebenfalls einen hervorragenden Namen hat – durchreist, und dessen Inhalt die Psyche eines einsamen Menschen in einer Welt des Eises sein sollte; das Libretto war übrigens, ich kann nicht recht sagen, aus welchen Gründen, niemals fertiggeschrieben worden. Kurz nach Beginn der »Ariadne«-Proben lud mich der Regisseur zu sich. »Lieber Hacks«, sagte er sehr freundlich zu mir, »ich weihe Sie heute in meine geheimsten Absichten ein: ich habe vor, in unserer Oper Hunde auftreten zu lassen, und ich möchte mit Ihnen die erforderlichen Änderungen besprechen.«

10

Wenn ich Sie, geduldiger Leser, bitten darf, eine Belehrung von mir anzunehmen: Benutzen Sie, sofern es sich irgend vermeiden läßt, niemals ein schlechtes Argument für eine gute Sache. Es muß und wird sich rächen. Sicher, das falsche Argument landet gewöhnlich viel besser als das richtige; Sie werden die Arena als Sieger verlassen, Ihren Zweck erreichen. Und der Tag wird kommen, wo Ihr Zweck (oder Sie selbst) an dem Strick hängen werden, den man Ihnen aus Ihrem schlechten Argument gedreht hat. Keiner von uns hat nicht schon um der Wahrheit willen gelogen. Aber hat nicht jeder von uns nachher den Preis für seine in der Welt fortwirkende Lüge zahlen müssen, und haben wir denn immer gut durchgerechnet, ob die solcher Art von Sieg nachfolgenden Kosten von dem Wert des Sieges tatsächlich gedeckt sind oder ob wir uns nicht vielleicht manchmal in die Pleite hineingesiegt haben? Ich erwiderte: »Wissen Sie, ich bin eigentlich gegen Hunde.« – »Gegen Hunde«, fragte er überrascht. »Weshalb?« – »Sehen Sie«, sagte ich vorsichtig, »ich stelle mir Naxos als ein völlig unbewohntes Eiland vor, eigentlich kaum etwas Besseres als ein Riff. Wo sollen da Hunde herkommen?« Ich hatte gewußt, das Argument würde ziehen. Er überdachte noch die geographischen Umstände, ließ sich von einem seiner Assistenten den Brehm vorlegen und blätterte kurz in Viehwegs »Geschichte des Hausthiers«; hiernach gab er mir Recht und versprach, die Idee mit den Hunden fallenzulassen. Das muß ich ihm zugestehen, er feilschte nicht lange an seiner Niederlage herum.

11

Da ich nun, zur Strafe für mein non-kooperatives Verhalten, von den Proben ausgeschlossen war, hatte ich mit dem weiteren Zustandekommen der Aufführung nichts mehr zu schaffen, und es gelang mir ziemlich gut, die ganze Angelegenheit zu vergessen. Aber etwa ein Vierteljahr später hatte ich eine geschäftliche Unterredung mit einer Künstlerin vom Ballett. Ich traf die Dame im Restaurant der »Gültigen« und fand eben heraus, daß sie, entgegen meiner Erwartung, für den Abend schon disponiert hatte, als aus dem Wandlautsprecher der Satz erscholl: »Durchlauf Ariadne, Darsteller des ersten Bildes bitte zur Bühne.« – »Sind Sie vollkommen sicher«, sagte ich zu der Künstlerin, »daß Sie heute abend keine Wachteln essen wollen?« – »Vollkommen sicher«, entgegnete sie. »Das ist fast unerträglich schade«, beteuerte ich, empfahl mich mit der Andeutung eines Handkusses und begab mich in die Mittelloge, um mir die Oper, welche ich ersonnen hatte, in der schönen Fülle ihrer Wirklichkeit zu betrachten.

12

Sie entsinnen sich noch des Anfangs. Dionysos wirbt um Ariadne, welche sich wieder einmal in ihrer Grotte eingeschlossen hat; er hält ihre wohlberechnete Sprödigkeit für die Folge ungenügender Überzeugungskraft seiner Neigung. »Schleuße auf dein scheues Wesen«, singt er mit strahlendem Schmelze, »faß Vertrauen doch zu mir!« Bei den Göttern, wie schön er sang; ich selbst wäre, wäre ich ein Weib, herausgekommen. Zu meiner Verwunderung freilich befand sich Ariadne bereits auf der Szene. Sie saß auf einem Würfel aus Kunstglas, hatte die Beine übereinandergeschlagen und wippte einladend mit einem rosa Pantoffel. »Laß dein Herz bei mir genesen«, sang der Gott, indem er sich, in offenbarer Angst, von ihr entfernte, und Ariadne folgte der Aufforderung in einer für mich eher unerwarteten Weise: sie begann, sich zu entkleiden. Sie warf sich auf den Rücken, spreizte die Beine und drehte sich auf ihrem Feininger-Felsen hin und her; unter diesen Bewegungen entledigte sie, gelegentlich den Körper mit der Handfläche vom Unterleib zum Busen hin reibend, sich ihrer Gewänder, jedenfalls der meisten; denn einen entzückenden schwarzen Slip und einen Büstenhalter behielt sie am Ende doch an. Ich hatte schon Büstenhalter auf pompejanischen Fresken gesehen; hinsichtlich der kretischen Form des Kleidungsstücks war ich unsicher; dieser Büstenhalter aber entsprach in seiner sportlichen Verruchtheit unverkennbar der fortgeschrittensten Mode des Jahres 1972. Sie sah reizend aus, hierüber war nicht zu streiten. Der Gott Dionysos indes war bei dem Anblick in unbeschreibliche Panik geraten. Er hatte sich, mit süßer Kantilene sein »komm, o komm!« singend, in die hinterste Ecke der Bühne geflüchtet und sein weinlaubumranktes Haupt in einer Bodenspalte verborgen, aus welcher heraus er – nun doch ein wenig behindert – das hohe b erschallen ließ, von dem sich, wie ich wußte, Matthus eine Menge Wirkung versprochen hatte.

13

Der Zuschauerraum, der mit Fernsehleuten, Freunden des Regisseurs und einfach Hinzugelaufenen einigermaßen besetzt war, zeigte sich von Frau X's Oberschenkeln herzlich angetan. Ich aber begriff bereits hier, daß wir es mit einem jener bedauerlichen Fälle zu tun hatten, wo beide, Text und Musik, das Unglück haben, an den Absichten der Regie vorbeizuzielen.

14

Von einem ähnlichen Fall hatte mir einmal Erika Pelikowsky erzählt. Sie spielte in einer rheinischen Großstadt die Yvette, jene Lagerhure, welche sich zur Obristenwitwe hochgearbeitet hat. Am Gipfel ihrer Karriere trifft Yvette den Mann wieder, der sie einst in die Gosse gestürzt, den Pfeifenpieter, und sie fährt ihn an und befiehlt: »Steh auf, wenn ich mit dir rede!« Der Satz also, in welchem das Auf ihrer Lebensbahn und das Ab derjenigen des Kochs aufs schlagendste zum Ausdruck gebracht ist, wurde geprobt, und Frau Pelikowsky entdeckte, daß der Koch an der Stelle bereits stand, und sie äußerte, daß sich manche Schwierigkeiten, darstellerische und solche des Verständnisses, ergeben könnten, wenn die Aufforderung aufzustehen an eine Person gerichtet werde, die steht. Der Regisseur – aber ich möchte hier gern seinen Namen verschweigen. Es ist nicht Furcht oder mißverstandene Rücksicht, was mich dazu veranlaßt; es verdrießt mich einfach, den Namen schlechter Regisseure über die Lippen zu bringen. Der Regisseur hatte damals Frau Pelikowsky angewidert betrachtet und gesagt: »Gut. Streichen wir den Satz.« Ich erzähle das Beispiel, um darzutun, wie es immer wieder einmal vorkommt, daß ein Stück nicht zur Inszenierung paßt. Natürlich dachte mein Regisseur, anders als jener, dessen Namen ich mit Verdrossenheit hätte erwähnen müssen, nicht daran, irgend etwas fortzulassen, keine Silbe des Textes und keine Note der Musik. O nein, er ging seinen Weg durch dick und durch dünn, unangefochten.

15

Im Anschluß an die Dionysos-Arie hatte das Orchester ein frostig-feierliches Stück, das ursprünglich für Ariadnes Auftritt gemeint war. Diese, wie sich zeigte, überflüssige Länge wurde jetzt von Ariadne sehr sinnreich genutzt, um sich, hinter dem durchscheinenden Felsen, wieder anzuziehen, und von Dionysos, um seinen Kopf aus der Spalte zu befreien. Dann hatten sie schon wieder Zeit für einander. Der Kapellmeister hob den Taktstock. Es ertönten die kraftvollen und verwickelten Rhythmen, die das Vorspiel zu jener seelenentblößenden Auseinandersetzung, dem Duett, bilden, und aus der linken Gasse erschien, grüne Tirolerhüte auf den grauglänzenden Stirnen, ein Rudel Seehunde.

16

Natürlich vermag ich Auskunft zu geben, was Ariadne und Dionysos in diesem Abschnitt der Handlung miteinander singen. Er dringt in sie, sein Fühlen zu erwidern; sie erzählt die erlogene Geschichte ihrer Liebe und gemahnt ihn an seinen olympischen Schwur, ihrer, bei Theseus' Rückkunft, zu entsagen. Seine glühende Eifersucht scheitert an der Armut ihres Empfindens, seine Drohung, sie zu verlassen, an ihrem Hohn; er akzeptiert diese Liebe, die ihm nichts als Marter bringen wird, und der unselige Vertrag einer versklavten Leidenschaft wird in einem Zwiegesang von widernatürlicher Schönheit besiegelt. Wie gesagt, ich weiß dies alles. Ich bin, außer Matthus, der einzige Mensch, der es weiß, und, um genau zu sein, während ich das Duett auf der Bühne verfolgte, wußte auch ich es nicht mehr. Die Seehunde waren allzu niedlich. Sie patschten mit ihren flossenartigen Füßen die Rampe entlang, sie drehten sich mit rührendem Ungeschick im Takte der Musik, so daß beinahe ein richtiges Ballett zustande kam, und am Schluß, wo der Gott singt:

»Ohne dich kann ich nicht leben,
Mit dem Haß nur wächst mein Streben«,

und die Versöhnte zärtlich schmachtend bestätigt: »Ja, ja, ohne mich kannst du nicht leben«, – am Schluß hoben sie gar die Oberkörper und warfen sich mit den Nasen große bunte Bälle zu. Das Publikum war hingerissen und spendete Beifall, was bekanntlich während einer Durchlaufprobe selten geschieht. Der Erfolg der Aufführung stand eigentlich bereits jetzt fest. Dennoch war ich nicht einverstanden. Ich sagte mir, daß es sich für die Aufnahme der ja noch folgenden Vorgänge ungünstig auswirken müsse, wenn die Zuschauer die Namen und Begebenheiten der dargestellten Personen nicht wenigstens einmal erführen; übrigens mag auch sein, daß einfach meine Eitelkeit durch den Umstand verletzt war, daß nicht ich es sein durfte, der all das Entzücken hervorrief. Wie immer das sich verhielt; ich verließ meine Loge, drang ins Parkett und zum Regiepult vor und sagte zu dem Regisseur: »Sie haben mir versprochen, auf die Hunde zu verzichten.«

17

Der Regisseur sagte in strengem Ton: »Wie sind Sie hereingekommen?« Ich sagte: »Ich bestehe darauf, mit Ihnen über diese Hunde zu reden, hier und sofort.«

Wie jedes Mal, wenn er erkannte, daß es mir ernst war, gab er nach. Er beauftragte den Schwarm seiner Regieassistenten, zu klären, wer mich ins Haus gelassen hätte; dies verrichtet, wandte er sich mir wieder zu und fragte: »Wohlan, was gibt's?«

»Ich verlange«, sagte ich, »daß die Hunde fortbleiben.«

»Es sind keine Hunde«, sagte er geduldig. »Ich habe das, auf Ihre Einlassung hin, geändert.«

»In Seehunde!« rief ich.

»Herr Dr. Hacks«, sagte er mit Nachdruck, »gibt es in Naxos Seehunde oder nicht?«

Ich wußte in dem Augenblick wenig über das Vorkommen von Seehunden im östlichen Mittelmeer. Ich wußte auch, daß es hierauf nicht ankam und daß er, im Fall ich in der Lage gewesen wäre, ihre biologische Unwahrscheinlichkeit nachzuweisen, keineswegs gezaudert hätte, sie gegen fliegende Hunde zu vertauschen. Ich war das ganze Problem falsch angegangen. Ich ließ also diese Seite der Sache auf sich beruhen und sagte ziemlich matt: »Nun, sie stören die Exposition.«

»Lieber Dr. Hacks«, sagte er, »es war, ich erwähne es ohne Eitelkeit, nicht eben leicht, diese Gruppe zu engagieren. Es ist die teuerste, die sich auf dem Markt befindet; jedes einzelne dieser Tiere erhält eine Abendgage, die doppelt so hoch ist wie die des Tenors. Ich habe zwei Monate lang ausschließlich mit den Seehunden gearbeitet. Und Sie kommen – ich frage mich übrigens, wie? – herein und haben keinen besseren Einwand gegen sie, als daß sie Sie stören.«

»Aber ...«, sagte ich.

»Lassen Sie mich ausreden«, bat er. »Sie sind der Dichter. Sie besitzen die Freiheit, genau das Wort an genau die Stelle zu setzen, die Ihnen notwendig scheint oder vielleicht auch nur beliebt. Ihre Freiheit ist mir heilig. Und, wenn ich das hinzufügen darf, ich liebe Ihr Stück; schließlich, ich habe mich seiner angenommen, und Sie werden kaum behaupten, Sie hätten mich darum gebeten. Wollen Sie wirklich andeuten, ich, der Regisseur, hätte nicht, eingegrenzt zweifellos durch den Respekt vor Ihrer Freiheit, meinen Teil Freiheit auch?«

»Aber ...«, sagte ich.

Nun wurde er scharf. »Gut«, sagte er sehr abschließend, »wir sprechen uns nach der Probe. Bitte warten Sie draußen auf mich. Ich mühe mich hier seit drei Monaten bis zur Erschöpfung; ich habe keine Lust, den Erfolg meiner Arbeit durch Ihre einwirkende Unbelehrbarkeit schmälern zu lassen.«

Was sollte ich tun? Ich ging. Ich schlich mich durchs Foyer, welches sich in schönem Bogen um den Zuschauerraum schmiegt, und ich öffnete auf der gegenüberliegenden Seite – ich habe mir vorgenommen, kein Vorkommnis, auch kein mir ungünstiges, zu verheimlichen – geräuschlos eine Tür, eben nur so weit, daß ich durch den Ritz die Bühne zu sehen vermochte.

18

Die Probe war inzwischen bis zur Klippen-Arie fortgeschritten. Ich meine jenen Gesang, in dem Ariadne, um Dionysos' Demütigung unwiderruflich zu vollenden, in seinem Beisein die Gedanken zu dem angeblich Geliebten schweifen läßt:

»O mein Theseus, voll Verlangen
Harr ich deiner Wiederkehr.
Ruhlos liege ich gefangen
Auf dem Felsen in dem Meer.«

Mir fiel auf, daß Ariadne die Arie im Leipziger Tonfall artikulierte. Aber ehe ich mir hierüber eine Meinung zurechtlegen konnte, fing sie, ich kann nur sagen, was ich sah, schon wieder an, sich auszuziehen. Mein Gehirn versagte fast vor der Fülle der auf es eindringenden Schwierigkeiten.

19

Wirklich, meine Beschlagenheit in den klassischen Altertümern ist nicht annähernd so groß, wie ich die Leute gern glauben mache. Dennoch entsann ich mich jener Anordnung des Lykurg, welche den Jungfrauen Lakedaimons befahl, nackt im Theater aufzumarschieren. Die spartanischen

Jünglinge sollten durch den massenhaften Anblick weiblicher Merkmale gegen deren mögliche Reizwirkung so abgestumpft werden, daß sie sich des anderen Geschlechts entwöhnten und sich schließlich dem – geistig wie sittlich höherstehenden – Genuß der Knabenliebe zuwandten. Gab es hier Entsprechungen? Konnte eine vergleichbare Absicht gemutmaßt werden? Ich kam mit meiner Überlegung nicht bis zum Ende; denn ehe ich sie noch ganz verworfen hatte, fesselte schon neues Bühnengeschehen meine Aufmerksamkeit.

20

Dionysos war nämlich, nachdem er deutliche Zeichen von Unlust über die Dauer der Arie von sich gegeben hatte, vor Langerweile eingeschlafen, und Ariadne machte sich nun über ihn her, um ihn aufzumuntern. Sie nestelte an seiner Hosentür, kniff ihn mehrmals in die Flanken und setzte sich endlich rittlings auf seinen Hals, wobei sie, in ausgeprägtestem Sächsisch, sang:

»Bist mir lieb und ach! so ferne,
Bist mir fern und ach! so lieb.«

Ich muß bekennen, daß die Szene, eindrucksvoll wie sie war, keinen besonderen Erfolg hervorrief. Im Publikum wurde Husten hörbar. Die Musik war für den lustigen Vorgang entschieden zu zart, und wir waren wohl schlecht beraten gewesen, sie auf die Länge von dreieinhalb Minuten auszudehnen. Kein Gag wird ja besser, wenn man ihn streckt.

21

Der Bote kam und brachte seine Nachricht. Die kaum ergiebige Stelle wurde immerhin überbrückt, indem Ariadne erneut ihre Kleider ordnete, und für Dionysos hatte der Regisseur hier die sehr wirklichkeitsnahe Nachahmung eines Erwachenden ausgearbeitet; der Gott grunzte laut, rekelte die Glieder, rieb sich den Schlaf aus den Augen und so weiter. Aber das anschließende Terzett ließ, fand ich, den gleichen entschiedenen Griff vermissen. Die Sänger standen einfach in gefälligem Abstand von einander herum und sangen ihr Zeug, und als das Publikum – vermutlich weil es Zeit hatte zu überlegen, wer denn diese drei Leute eigentlich seien – einigen Anteil zu nehmen begann, gingen sie, gleichsam als ob sie sich durch solche Neugier belästigt fühlten, mitten in der Nummer weg. Ich hatte den Eindruck, daß sie sie hinter der Bühne zu Ende sangen. Aber ich will das nicht beeiden; ich kannte ja die Melodie. Die Bühne jedenfalls war ganz leer. Nichts geschah. Und ich begriff plötzlich: die Haupt-Wirkung des Aktes, der Auftritt des Fremden, welche wir mit unseren unzulänglichen musikalischen und dramaturgischen Mitteln aufzubauen versucht hatten, war hier von einem Meister der Szene, ganz aus dem Geiste des Theaters heraus, mit unvergleichlicher Überlegenheit eingeleitet. Die Pause dauerte noch immer. Sie dauerte länger, als je eine Pause innerhalb einer Handlung gedauert haben konnte. Ein Äon von einer Generalpause; – mein Gott, und Matthus hatte hier eben eine Fermate vorzuschreiben gewagt. Und dann endlich, am äußersten Rande des Erträglichen, kam er, der Heilige König, der attische Herakles: ... Greely. Ich meine natürlich: Theseus. Meine ich Theseus? Er trug eine runde Mütze von Rentierfell und grüne Wickelgamaschen, und er hielt einen Eispickel in der Rechten, welchen er mit schön ausholender Gebärde in den – hiermit erst seiner Bestimmung nach völlig begreiflichen – eisfarbenen Klotz schlug.

22

Der Regisseur hatte mich nicht vergessen. Er kam, erschöpft und doch guter Dinge, heraus und winkte mich zu sich. »Was die Entkleidungsszenen anlangt ...«, begann ich.

»Wie?« fragte er, »Sie haben noch teilgenommen?«

Ich gestand es. Ein Blick von ihm genügte, um die Assistenten zum Ausschwärmen zu veranlassen; im übrigen verschmähte er die Gelegenheit, mir einen Auftritt zu machen, und zeigte auf höfliche Weise, daß er bereit sei, mich anzuhören.

»Die Entkleidungsszenen ...«, begann ich also aufs neue, »ich vermute, es soll gezeigt werden, daß Ariadnes Kniff in einer Mischung von Abstoßung und Verführung ...«

»Gezeigt werden?« wiederholte er zerstreut. Er öffnete die Partitur, die er unterm Arm trug, und deutete auf das Titelblatt. »Steht hier: Eine Komische Oper«, fragte er, »oder steht es möglicherweise nicht hier?«

»Es ist eine Komische Oper«, gab ich zu.

»Na also«, sagte er. »Noch etwas?«

»Ariadne singt sächsisch«, sagte ich. »Ich vermute, es soll gezeigt werden, daß sie von herrscherlichem Stamme entsprossen ...«

»Hören Sie«, sagte er, »unter einer Komischen Oper verstehe ich eine Oper, bei der man lachen muß.«

Ich räumte ein, daß das bisher auch immer eine meiner Meinungen gewesen.

»Na also«, sagte er. »Noch etwas?«

»Dieses Polarfahrerkostüm des Theseus ...«, fing ich wieder an, unterbrach mich aber selbst. »Ich begreife!« rief ich; »weil es eine Komische Oper ist.«

»Das schiene mir in der Tat keine sehr ausreichende Motivierung«, entgegnete er in tadelndem Ton. »Wenn unser Haus in solch glanzvollem Maße Schule gemacht hat, so durch die Methode der wissenschaftlichen Erforschung der

Werke hinsichtlich der offenen und verborgenen Absichten ihrer Schöpfer. Nichts entgeht uns, nicht der geheimste Hinweis. Wir *lesen* unsere Stücke.«

Er blätterte in der Partitur, bis er die Stelle hatte. Und wahrhaftig, da stand es:

»Ein stolzer Heros naht von Norden.«

23

Als aber die Stunde der Uraufführung herangebrochen war und ich, gedankenvoll auf meinem Diwan liegend, der Frage nachhing, *wie es möglich sei, daß einer Ruhm erlangen könne, ohne irgend etwas zu leisten,* läutete, zum andern Mal in dieser Geschichte, die Türglocke. Draußen stand eine Frau, die ich nicht kannte. Sie trug einen schimmernden Chinchilla über einem zu roten Seidenkleid; ich witterte Mißverständnis, und ich sagte in der schonungsvollen Art, in der man zu einer Person spricht, die man enttäuschen muß: »Was kann ich für Sie tun?« – »Viel, mein Süßer«, entgegnete sie aufgekratzt; »viel mehr, als du dir bis jetzt noch träumen läßt.«

»Ja, wollen Sie denn nicht in die Oper?« fragte ich; denn das war, was ich, ihrem Anzug nach, vermutet hatte. Auch diese Frage schien sie zu belustigen.

»In die Oper?« fragte sie zurück. »Ha ha. Ich bin doch die Oper.«

»Sie selbst!« rief ich, indem ich ihr in mein Wohnzimmer folgte. »Sie wären die große ...«

24

»... Babel«, ergänzte sie. »Sprich es ruhig aus; ich bin nicht so schnell gekränkt wie du. Mir ist nicht neu, daß man mir Namen gibt, und ich wehre mich gegen keinen. Ich bin es jedenfalls, die Scharlachne, die Völkerbeherrschende, die Madame der Oper.« Sie warf den Pelz auf den Fußboden, entledigte sich ihrer Schuhe, richtete sich in den Daunen eines Sessels ein und fügte überflüssigerweise hinzu: »Und nun darf ich wohl ablegen?«

25

Alles an ihr war üppig, das Rabenhaar, die Brust, der Körper. Ihr Gesicht und die Vorderseite ihres Halses waren weiß und rosa geschminkt, und immer wenn sie lachte, was sie gern tat, durchlief ein Netz von Sprüngen mit knisterndem Geräusch ihr Make-up.

»Aber was wünschen Sie denn bloß«, fragte ich, nicht ohne Besorgnis.

»Du bist mir ein rechter«, sagte sie schelmisch. »Schließlich waren wir heute abend mit einander verabredet. Du bist nicht gekommen, also komme ich zu dir.« Wieder ihr knisterndes Lachen. Und weil ich noch schwieg, warf sie mir einen Blick zu und sagte: »Oder liebst du am Ende keine temperamentvollen Frauen?«

Hierauf hatte ich ausweichend zu antworten; die PEN-Charta verbietet mir die Verurteilung ganzer Klassen. »Möchten Sie mir nicht etwas vorsingen«, schlug ich vor. Aber es schien, als hätte ich einen Punkt berührt, wo sie ausnahmsweise nicht bereit war, mir entgegenzukommen. »Ich singe nicht mehr«, erklärte sie mit Nachdruck. »Meine Kunden haben es mir ganz abgewöhnt.«

»Ja, genau hier liegt mein Problem«, sagte ich eifrig. »Es

hat sich herumgesprochen, natürlich, daß die Oper nicht um der Kunst willen besucht wird. Aber irgend etwas muß es ja sein, was die Leute bei Ihnen zu finden wünschen; ich hatte angenommen, daß es die Musik sei.«

»Blödsinn«, sagte sie.

»Wie bitte?« fragte ich.

»Blödsinn wollen sie finden«, wiederholte sie. »Nur bei mir bekommt man Stücke zu sehen, die noch blöder sind als die des Ohnsorgtheaters. Ich befriedige ein Theaterbedürfnis, das zu bedienen die ärmste Marktbude sich, aus Gründen des Anstands, weigern würde.«

»Immerhin«, wandte ich ein, »das Kulinarische ...«

»Das Kulinarische«, rief sie wegwerfend. »Geh mir mit dem Kulinarischen. Wer hat denn heute noch einen kräftigen Magen?« Sie kicherte, als fände sie das alles sehr erheiternd. »Sie haben mich«, fuhr sie, plötzlich wieder ins vertrautere Sie zurückfallend, fort, »eine Puffmutter genannt.« – Das war eine Lüge; sie selbst hatte davon angefangen. – »Aber was sucht der Kunde im Puff? Doch wohl nicht Liebe. Und doch wohl auch nicht Sinnlichkeit; das Kulinarische, wirklich, gehen Sie mir mit dem. Was der Kunde im Puff sucht, ist Erholung, Fehlen von Mühe. Die Hure erwirbt Ruhm, die davon absieht, irgend etwas zu leisten; denn jede Leistung von ihrer Seite würde den Kunden, der unter allen Umständen vermeiden will, zu einer Gegenleistung aufgefordert zu werden, nur verstimmen. Man redet von Liebe und läßt sich gehen; der Schein heißt Glück, die Sache Faulheit: da, mein Herr, haben Sie das Geheimnis meines Geschäfts.«

Ihr Zynismus empörte mich. »Schämen Sie sich denn niemals?« brüllte ich.

»Doch«, flüsterte sie kichernd. »Wenn gesungen wird.«

26

Sie haben bemerkt, Leser, daß ich träumte? Selbst ich hatte es bemerkt. Nur der äußersten Genauigkeit halber stelle ich eigens fest, daß das Ende meines Punkt für Punkt wahren Reports keine Tatsache der stofflichen Welt schildert, sondern einen Traum, der mich da auf dem Diwan übermächtigt hatte. Ich wollte dem Apoll fünfhundert Hunde schlachten, könnte ich dasselbe von dem Anfang auch sagen.

27

Die Babel rutschte übergangslos von dem Sessel herunter und sank, nicht ohne Anstrengung, in die Knie. »Retten Sie mich, Meister!« rief sie aus und rang die Hände; Tränen beeinträchtigten den Wohllaut ihrer Stimme. »Stoßen Sie mich nicht zurück; ich darf Sie nicht verlieren; Sie sind ja meine letzte Hoffnung, anständig zu werden.«

»Lassen Sie doch die falschen Töne«, sagte ich.

»Nun gut«, sagte sie unverstanden. »Dann muß ich schweigen.«

»Es ist mir recht, daß Sie schweigen«, versetzte ich nach einer Pause, »und noch lieber wäre mir, wenn Sie gingen.«

»Sie schmollen«, stellte sie vorwurfsvoll fest. »Wegen einer einzigen kleinen Panne.«

»Ich bin keinesfalls so schnell gekränkt, wie Sie vorhin andeuteten«, sagte ich. »Ich habe Pannen durchgestanden. Ich habe Dinge erlebt. Ich habe die ganze Menschheit am Halse; sie sitzt da wie ein Vampir und nuckelt und zahlt nicht. Aber dieser Grad des Mißlingens! Diese äußerste Minderwertigkeit!«

Sie machte ein merkwürdiges Gesicht und äußerte: »So sehr liebst du mich?« Ich fragte verdutzt: »Wie meinen Sie das?«

»So viel«, sagte die Babel, »hast du von mir erwartet?«

Die Folgerung erschien mir kaum schlüssig, aber sie nahm keinen Anstand, auf ihr zu beharren. »Sind die Enttäuschungen nicht stets aufs Haar so groß wie die Illusionen? Zeugt es nicht also für meinen Wert, daß ich in solchem Maße fähig bin zu enttäuschen? Das Reich des umfassendsten Genusses, der Einklang allen geistigen und sinnlichen Glücks – was soll, in dieser Welt, anderes herauskommen als ein ...« Sie brach ab und wechselte schon wieder den Ton. »Ich würde zutiefst bedauern, mein Herr«, sagte sie mit einem spöttischen Knicks, »wenn Sie, anläßlich Ihres ersten Besuchs in einem meiner Häuser, einen Schock davongetragen haben sollten, der Ihnen vielleicht Ihr Leben lang anhaftet.«

»Und wenn es so wäre«, sagte ich mürrisch, »was wollen Sie dagegen tun?«

»Zunächst einmal«, sagte sie munter, »werde ich mich ausziehen.«

Bei diesen einfachen Worten durchfuhr mich ein Grausen von solcher Gewalt, daß ich glaubte, mein Herz bräche. »Was ist mit Ihnen?« fragte sie besorgt; »Sie sind leichenblaß.« – »Mein Gott«, röchelte ich, »inszeniert der Mensch jetzt auch noch meine Träume!«

Ich fühlte, daß von allen Formen schweren Wahnsinns, vor denen ein Gehirn sich zu entsetzen Grund haben kann, dies die entsetzlichste sein müßte.

28

Aber ich merkte dann, daß das Schlimmste nicht eingetreten war. Ihr Stil beim Entkleiden wirkte doch weniger unvermittelt. Sie entnahm ihrem Pompadour, der ebenfalls aus dem Fell der Springmaus gearbeitet war, eine Reihe von Fläschchen und Schächtelchen mit Reinigungsmilch, Gesichtswasser und Watte; sie stellte sie vor sich auf den Tisch hin und ging in aller Ruhe daran, sich abzuschminken. Ich schloß die Augen, was mir indessen nichts half, da ich sie – denn wie erwähnt, ich träumte – bereits geschlossen hatte. Ich sah die große Babel durch die gesenkten Lider hindurch so deutlich wie zuvor, und ich mußte, gegen meinen entschiedenen Willen, ihre Toilette verfolgen.

Zu meinem Erstaunen jedoch nahm ich wahr, daß unter ihrer runzeligen Schminke eine zarte und glatte Haut zutage trat. Je mehr Schichten der zerklüfteten Kruste sie entfernte, desto makelloser wurde ihre Oberfläche. Und als die weiß und rosa Maske vollends gefallen war, blickte sie mir aus einem Gesicht entgegen, das man früher unfehlbar als ein holdseliges Antlitz bezeichnet haben würde und das ich übrigens, mangels eines hinzugekommenen besseren Ausdrucks, auch in diesem Augenblick bei mir selbst als ein holdseliges Antlitz bezeichnete. Es war von ebender Mischung aus Liebreiz und Unwirklichkeit, die allein das Wort holdselig meint und trifft. Aber ich schweife ab. Sie blickte mir, will ich erzählen, aus einem holdseligen Antlitz entgegen und bat mich, ihren Reißverschluß zu öffnen.

Ich mag nicht besonders, wenn fremde Damen geschlechtliche Handlungen an mir verüben, und ich weigerte mich, ihrem Ansinnen nachzukommen. Freilich, meine Weigerung hielt sie nicht auf. Offenbar war sie nur so höflich gewesen, mir mit ihrer Bitte die Gelegenheit zu einer Höflichkeit zuzuspielen; sie konnte es ganz gut selbst. Sie öffnete den Reißverschluß trotz ihres fetten Oberarms recht behende und zog mit einem anmutigen Ruck – nein, nicht ihr Kleid sondern – glauben Sie mir: der Vorgang wirkte selbst im Traum hinlänglich verwirrend – ihren ganzen strotzenden und welterfahrenen Leib aus. Unter ihrem Leib, wollte mir scheinen, trug sie einen zweiten, reineren, einen, der zu ihrem neuen Gesicht paßte. Es war ein Leib von ewiger Jugend, erstrebenswert und unerreichbar wie die Wahrheit selbst.

»Wie schön!« rief ich bewundernd.

»Ah«, sagte sie mit einem Lächeln von unbeschreiblicher Anziehungskraft, »Sie erschrecken nicht, wie die anderen?«

»O nein«, rief ich, »im Gegenteil, Sie könnte ich lieben!«

»Einverstanden«, sagte sie. Aber ich spürte ihre Beschaffenheit immer ungenauer werden, gleichsam als ob sie sich, ohne ihren Ort zu verlassen, von mir entferne. Sie war fast nur noch die Ahnung von einem Weibe, ja am Ende nicht mehr als der Klang des Bildes eines Weibes, von dem ich jedoch, während er mir entglitt, wußte, daß ich ihn für alle Zeit nicht würde aus dem Herzen verlieren können.

»Mich können Sie lieben«, hörte ich sie, aus irgendeiner Richtung des Unendlichen herüber, lispeln. »Aber mich bekommen Sie nicht.«

Magister Knauerhase

Der Magister und der wilde Mann

Im Wald ging ein Magister; er lachte über die rotschuppigen Stämme mit den schwarzen Nadeln daran, und jedes Mal, wenn er über eine Wurzel stolperte, verbeugte er sich vor ihr und sagte:

»Ich weiß, daß Sie es nicht mit Absicht getan haben.«

In demselben Wald hauste auch der wilde Mann. Dem wilden Mann wuchs der Schnurrbart über den Nasenflügeln heraus, am Kinn trug er einen Bart mit zwei Spitzen, und sein Haarschopf endete in einem Zopf von Eichenblättern. Seine Lenden waren mit Moos umzottet.

In solcher Gestalt trat er aus dem Gebüsch und ließ sich sehen und sagte:

»Der Wald hat nicht Platz für dich und mich; denn ich will hier allein sein.«

»Ich habe mich soeben mit dem Zweifel abgegeben«, erwiderte der Magister, »ob das bißchen Platz hier für die Ausdehnung meiner eigenen Person hinreicht.«

Der wilde Mann schwang seinen Eichenknorren und ließ ihn mit einem schrecklichen Schlag niederschmettern. Der Magister bog sich beiseite und trat den wilden Mann mit dem spitzen Hacken seines Schuhs in den Unterbauch. Der Bauch war hart wie ein Felsen, und der Hacken brach ab.

Der wilde Mann sah, daß der Magister würde hinken müssen, und er hakte ihm seinen hornigen Fuß hinter das längere Bein. Richtig fiel der Magister hin, aber im Fallen verschränkte er die gekreuzten Arme um den Hals des Angreifers, und dieselbe Kraft, mit der er zu Boden stürzte, schleuderte den wilden Mann kopfüber gegen einen Baumstumpf. Der wilde Mann stieß ein überraschtes und schmerzliches Gebrüll aus.

Er lief auf allen Vieren einen Baum hoch, er wollte sich von oben herabfallen lassen und den Eindringling in den Nacken beißen. Der Magister riß den Baum aus dem Boden und warf ihn mitsamt dem wilden Mann auf eine ein paar Waldstücke weiter gelegene Geröllhalde. Der wilde Mann krachte auf die Findlingssteine, der Baum krachte auf den wilden Mann; er wälzte sich den Baum vom Körper, hielt sich die Rippen und kam zum Kampfplatz zurückgehumpelt. »Gar nicht unbegabt«, sagte er.

Dann schwand beiden Männern der Atem. Sie sanken nebeneinander ins Moos und fanden vor einer Stunde nicht zu sich.

Der wilde Mann errät des Magisters Namen

Dann vermochten sie fortzufahren. Der Magister sagte: »Ich bin der Sieger in diesem Zweikampf und kann dich des Waldes verweisen, aber ich will dir noch eine andere Gelegenheit einräumen und dich gelten lassen, wofern du meinen Namen errätst.«

»Nichts einfacher als das«, sagte der wilde Mann. »Ich denke, du bist der Magister Knauerhase.«

»Getroffen«, rief der Magister, »aber wie hast du es herausgebracht?«

»Methodice«, sagte der wilde Mann. »Auf Grund reiner Schlußfolgerungen.«

»Nego«, sagte der Magister. »Der Name Knauerhase läßt

sich mittels keiner Klassifikation oder Exemplifikation ableiten; denn Namen sind bloße nomina.«

»Sunt realia«, sagte der wilde Mann; »denn dein Name war vor dir, und dein Leben wäre anders verlaufen, hätte dein Vater Scholz oder Kuckuck geheißen.«

»Ein hysteron proteron«, sagte der Magister verächtlich; »man beweist nicht Dunkles mit Dunklerem.«

»Nun«, sagte der wilde Mann, »es gibt gewisse Namen, die, vermöge eines wunderlich-würdigen Wesens, ein Kind zwingen nachzudenken, weshalb und zu welchem Ende das Schicksal es mit einem solchen behaftet habe, und der Name Scholz hätte aus dir weder ein nachdenkliches Kind noch gar eine Hochschulperson gemacht. Andererseits glaube ich nicht, daß du Kuckuck heißest; denn es hat vorhin einer gerufen, und du hast dich nicht umgedreht.«

»Saltus in demonstrando«, rief der Magister, »aus der propositio, daß ich nicht Scholz und nicht Kuckuck bin, folgt in keiner Weise der Name Knauerhase.«

»Er folgt«, sagte der wilde Mann geduldig, »und nach folgendem modus. Ich habe, während du soeben ein wenig ruhtest, das Göttensche Verzeichnis der jetztlebenden Gelehrten, welches du in deiner Tasche trägst, durchgeblättert; in demselben nun ist ein einziges Stück, der Abschnitt Knauerhase, mit Fingern begriffen, alle anderen sind druckfrisch und ungelesen; ergo, wie erat demonstrandum, bist du der Magister Knauerhase.«

»Gar nicht unbegabt«, versetzte der Magister hierauf.

Und sie sanken zum erneuten Male in Ermattung. Als sie fortfahren konnten, suchten sie sich einen Platz am Waldrand. Der wilde Mann reinigte sich mit der Kralle seines haarigen Daumens das Spitzohr und verlangte:

»Nun erkläre mir noch, weshalb Götten den Namen Knauerhase für wert hält, neben den Namen eines Tasso und eines Ariost genannt zu werden, und wie dieses Urteil, falls es zutrifft, sich mit deinem Herumstreifen in der Wildnis vereinbaren läßt.«

Auf diese Bitte hin erzählte der Magister dem wilden Mann seine Geschichte, die wir im Nachstehenden wiedererzählen wollen. Er erzählte sie mit seinen Worten, wir mit unseren.

Allgemeine Erdbeschreibung

Fast genau in der Mitte der Erdoberfläche liegt ein Königreich, welches, weil diejenigen, die als erste dort vor Anker gegangen waren, zu ihrer Verwunderung hatten feststellen müssen, daß es ringsherum, an seiner ganzen rauhen Küste entlang, von Land umgeben war, den Namen Landland erhalten hatte. Das Königreich Landland wurde von einem König beherrscht. Der König von Landland wußte, daß er in der Mitte saß; er benahm sich danach und hielt auf sich.

An verschiedenen minder hervorragenden Stellen war er Erdball mit einem weiteren Staatswesen bedeckt. Es bestand aus drei Gebieten, die Sa, Su und Si genannt wurden und deren jedes, wenn wir den Tatsachen die Ehre geben wollen, die zehnfache Fläche einnahm wie ganz Landland. Die Gebiete lagen durch die Wogen des Ozeanes von einander abgesondert, daher hieß das Reich das Reich der drei Inseln.

Die Königin von Sa war die schönste Frau der Welt.

Die Königin von Su war die stärkste Frau der Welt.

Die Königin von Si log am unergründlichsten.

Auf der Insel Si nämlich war das Lügen nicht nur, wie überall sonst, als eine Maßnahme, welche die Vernunft des Lebens erfordert, zugelassen, sondern das Nichtseiende als seiend darzustellen galt als oberste Tugend und war vom Sittengesetz vorgeschrieben. So war die Königin von Si durch keinen Erziehungsfehler beim Lügen verunsichert. Sie verriet durch keinen Wink oder Ausdruck, was sie in ihrem eigentlichen Innern dachte, und ob sie es überhaupt tat.

Wir können nicht sagen, wie die Königin von Si aussah. Wir haben sie zwar gesehen, sind aber entschlossen, ihr nichts zu glauben.

Die Königinnen von Sa, Su und Si haßten einander bis in die Tiefe ihrer Herzen. Um sich mit Erfolg vernichten zu können, waren in der Regel zwei von ihnen gegen die dritte verbündet. Die Bündnisse waren unfest und wechselten dauernd, und eben hierin bestand die Reichseinheit.

An anderen Ländern kannte man etwa noch die bucklichte Welt, die Hundetürkei und die wüste Mark Krähendotfick. Dies der Inhalt des allumfassenden Erdraums, soweit er uns angeht.

Ein längeres Heldengedicht

An dem Tage, der dadurch berühmt geworden ist, daß unsere Erzählung mit ihm beginnt, trat in dieselbe und ins Studierzimmer des Magisters Knauerhase der Honigbäcker des Königs von Landland. Der Honigbäcker war derjenige Hofbeamte, der den schönen Künsten vorstand, so hatte sein Erscheinen nicht wenig Bedenkliches.

Der Magister hatte sich seit seinen Jugendtagen zur Aufgabe gesetzt, dem König durch Abfassung eines längeren Heldengedichtes zu huldigen.

Der erste Teil behandelte die Kindheit des Königs. Er berichtete, wie der König, eben drei Tage alt, einen zwölf Fuß breiten Adler erwürgt hatte, der ihn aus der Wiege hatte fortheben wollen, und auch, wie er den Straßenkindern des Bauerndorfes, worin er aufwuchs, in einer Pfütze sitzend eine von ihm erdachte Welterklärung vorgetragen hatte, auf welchen Vortrag hin die Kinder zu Boden gesunken und in den Ausruf eingestimmt waren: O du erhabener Geist, o Weisheitsfürst, wir sehen deutlich, daß du und kein anderer unser Vaterland zu erleuchten ausersehen bist.

Der zweite Teil bestand in einer wissenschaftlichen Schilderung der Ehrenpforten des Königs und seiner Triumphe.

Der dritte Teil galt des Königs selbstlosen Gesinnungen und sagte kaum Neues.

Der vierte und letzte Teil enthielt, unter der Sammelüberschrift *Verstreutes*, einige Nebensachen und geringfügigere Begebenheiten, ohne Folgerichtigkeit dargestellt.

Das Gedicht in seiner Gesamtheit trug den Titel »Taten und Unterlassungen des Königs von Landland«; denn der Magister vertrat die Meinung, daß nicht nur, wie jedermann annimmt, die Unterlassungen eines Herrschers es sind, die das Glück und die Wohlfahrt seiner Untertanen bewirken, sondern in fast dem gleichen Maße auch seine Taten. Als nach zehn Jahren der letzte Vers fertiggeschrieben war, rückäußerte sich der König mit einer Tat und einer Unterlassung. Er unterließ es, das Gedicht zu lesen, und er tat es auf die Liste der Schriften, für deren Druck es an Papier fehlte. Der König also und der Magister verstanden einander vollkommen.

Es läßt sich nach dieser Vorwegschickung die Verwunderung ermessen, die unseren Helden überkam, als der Honigbäcker ihn aufforderte, die Handschrift unter den Arm zu packen und ihn auf einen geäußerten königlichen Wunsch hin zum Schloß zu begleiten.

Die Lesung vor dem König

Der König lehnte im Dämmer einer Ruhenische auf seinem Tagbett. Er hielt eine angebissene Pastete in der Hand und blickte den Magister aus großen Augen an, deren gleichgültiger Ernst von Beschäftigung mit dem Weltgeheimnis zeugte. Der Honigbäcker und der Magister machten ihre Luftküsse und Fußfälle.

Dann krochen sie rückwärts. Hinter einem der Bettvorhänge stand ein Pult mit einer grünen Lampe. Der Magister begann seinen Vortrag. Er rechnete jeden Augenblick damit, daß der König ihn unterbrechen würde; dennoch las er gut, es gehörte zu seiner Ausbildung. Nach vierundzwanzig Stunden kam auf Zehenspitzen der Küchenjunge ins Zimmer geschlichen. Er beugte den Mund zum Ohr des Honigbäckers und flüsterte:

»Der Dinerkoch ist gewonnen.«

Der Magister bemerkte, daß er den ganzen ersten Teil verlesen hatte. Wiewohl ihm seine Arbeit bei den gegebenen Umständen besser gefiel als je zuvor, zögerte er fortzufahren.

»Weiter«, sagte der Honigbäcker.

»Finden Sie es nicht reichlich lang?« fragte der Magister. Der Honigbäcker erwiderte:

»Der König findet es nicht lang.«

Der Magister ging zur zweiten Abteilung über. Er las eine Nacht und einen Tag ohne Pause, der Küchenjunge erschien und flüsterte:

»Der Oberlakai ist gewonnen.«

»Gut«, sagte der Honigbäcker. Und zum Magister sagte er: »Weiter.«

Der Mond nahm seinen bogenförmigen Weg über das alte Schloß, die Sonne stieg und sank, und als zum dritten Mal der Abend dämmerte, hatte der Magister die vorletzte Abteilung hinter sich.

»Die Zimmerfrau ...«, sagte der Küchenjunge zum Honigbäcker.

»Was ist mit der Zimmerfrau?« fragte der Honigbäcker.

»Sie schwankt noch«, sagte der Küchenjunge.

»Weiterlesen«, befahl der Honigbäcker.

Der Magister ging ohne Verzug zum vierten Teil über, dem, welcher sich mit Nachgelesenem und minder Erheblichem befaßte. Aber bereits nach drei Stunden zeigte sich der Küchenjunge erneut.

»Die Zimmerfrau ist gewonnen«, berichtete er.

»Genug«, sagte der Honigbäcker zu dem Magister. »Der Rest ist überflüssig.«

»Hören Sie«, sagte der Magister, »der König hat seine altkluge Jugend überstanden, er hat die Denkmäler seiner Heldentaten überstanden, und er hat seinen Hochsinn und inneren Wert erduldet, und jetzt, wo es zum ersten Mal nicht langweilig ist ...«

Der Honigbäcker wischte die Handschrift vom Pult. Der Magister sprang auf, um die Blätter einzusammeln; er stieß mit dem Hintern gegen einen Bettpfosten; aus dem Vorhang rollte der König von Landland, und da lag er nun, mitten zwischen seinen Taten und seinen Unterlassungen. Er hatte die gewinkelte Form beibehalten, die er im Bett innegehabt hatte; hieran und an dem unfrischen Geruch, den er ausströmte, war zu erkennen, daß er seit mindestens drei Tagen ein Leichnam war.

»Ihre Meinung dazu?« fragte der Honigbäcker.

»Mir scheint, der Gesalbte ist unwohl«, entgegnete der Magister vorsichtig.

»Mausetot«, berichtigte ihn der Honigbäcker vergnügt. »Aber das sind Dinge, um welche Sie sich keine grauen Haare wachsen lassen sollen. Ihr Werkchen hat den König in den letzten zweiundsiebzig Stunden seines Lebens begleitet und sogar, wofür mir die Zimmerfrau büßen wird, noch 180 Minuten darüber. Es ist jetzt das Nationalepos von Landland;

übrigens ist vielleicht besser, wenn ich es gleich ausfegen lasse. Es enthält einen Haufen Übertreibungen und ist wohl inzwischen auch schon ein wenig veraltet.«

Der zahme Greif des Königs hatte sich von seinem Polster erhoben. Er beschnupperte seinen Herrn, wobei er mit der Zunge einen Pastetenkrümel vom Boden tupfte. Seine vergoldeten Schwingen begannen zu flattern. Er taumelte auf den Rücken und streckte seine vier Tatzen von sich, seine Augäpfel drehten sich einwärts, er war tot.

Die Tür sprang auf. Herein kam der Riese vom Dienst. »Was ist mit dem König?« rief er. »Ich bin der König«, sagte der Honigbäcker und tätschelte ihm die Backen. Der Riese griff nach seiner Hellebarde, da drangen der Dinerkoch, der Oberlakai und die Zimmerfrau in den Saal und neigten ihre Knie und huldigten dem Honigbäcker als ihrem gewählten Fürsten und gottgefälligen Herrn.

Der Kurs der drei Neuerungen

Der Honigbäcker, wenn es sich ziemt, Vorgänge, die so weit oberhalb unseres Gesichtskreises sich abspielen, unserem Urteil zu unterwerfen, eröffnete die Bahn seines Amtes mit einer Reihe verhängnisvoller Schritte. Obgleich er die Unterstützung der Erzämter genoß, wollte er sich auch beim Volk angenehm machen. Er ließ den beträchtlichen Kronschatz des abgeschiedenen Königs in goldene Löffel umschmelzen und schenkte jedem Bürger einen davon. Das hatte zur Folge, daß die Landländer plötzlich anfingen, an Suppe zu denken.

Auch schien ihm richtig, seine Untertanen als Freunde zu behandeln, und er verkehrte mit ihnen in ihren Wohnungen. Hierbei freilich machte er sich zum Gesetz, in jedes Haus, das er betrat, eine neue Tür schlagen zu lassen, aus der Erwägung heraus nämlich, daß durch die bereits vorhandenen Eingänge möglicherweise der alte König hätte gegangen sein können. Diese Durchbrüche verursachten natürlich jedesmal Schaden, und wenn seine Besuche eine Ehre waren, so waren sie doch keine Freude.

Den entschiedensten Tadel aber, so glauben wir, verdient, daß der Honigbäcker sich den Titel eines *Neuen Königs* zulegte, den Sohn seines Vorgängers zum Bastard der Zimmerfrau mit dem wachhabenden Riesen erklärte und überhaupt das Andenken des alten Königs mit größter Unnachsichtigkeit aus den Gedächtnissen tilgte.

In der Tat hatte niemand die mindeste Vorstellung vom Äußern des alten Königs gehabt. Der alte König hatte unzählige Standbilder von sich aufgestellt, zu Fuß, zu Pferd oder zu Delphin; es waren der Ebenbildnisse so viele gewesen, daß kein Untertan seit Jahrzehnten einen Blick auf sie geworfen hatte. Der Neue König nun ließ jedem Standbild den Kopf absägen oder, wo eben keine Sägen erhältlich waren, mit schwarzem Pflaster verkleben. Von da an hatte das Volk kein anderes Bedürfnis mehr, als das verstümmelte Antlitz der Majestät in seiner Erinnerung zu ergänzen. Wunderbare Gerüchte von des alten Königs Aussehen kamen auf. Einige sagten, er habe goldene Locken und zärtliche Lippen gehabt, andere, er habe einen tintenfarbenen Vollbart mit eingeflochtenen Festons getragen. In dem stimmten alle überein, daß der alte König eine außerordentliche und nahezu göttliche Erscheinung gewesen sei.

Infolge dreier verfehlter Eröffnungsschritte also drang den Bürgern von Landland zum Bewußtsein, daß sie einen König hatten, der neu war und nicht davor zurückschreckte, die Dinge beim unüblichen Ende anzufassen.

Aber weil die Bürger von Landland ebenso zur Zufriedenheit neigten wie alle anderen Völker, von denen uns Nachricht erreicht hat, auch, sprachen sie zueinander:

»Ein Monarch ist ein Mensch, ein Mensch hat seine Eigenart, während eines Aufruhrs kann es regnen, und man verdirbt sich die Kleider.«

Und sie beruhigten sich und zogen, wo immer der Neue König des Wegs kam, ihre Hüte und zeigten ihre Löffel.

Barsine

Barsine war der Name einer hundertundsiebenjährigen Entkleidungskünstlerin, welche, welk und eingeschnurrt, wie sie war, allgemein als die berückendste Schönheit Landlands galt. Der Grund hierfür war einfach. Er bestand darin, daß sie hundert Jahre Zeit gehabt hatte, berühmt zu werden. Als sie zum ersten Mal nackt auftrat, war sie genau sieben Jahre alt gewesen, und eine kleine Anzahl von Kinderschändern ausgenommen, hatte sie wenig Herren beeindruckt.

Es dauerte zwanzig Jahre, bis Landland sie ein paar Wochen lang feierte und hiernach, um anderer Besitzerinnen eines kugelgestaltigen Popos willen, wieder vergaß.

Zehn Jahre später hatte die Nachricht von ihrem Liebreiz sich ins angrenzende Ausland herumgesprochen. Der Erdkreis, wir erwähnten es schon, enthielt neben Landland und den drei Inseln noch weitere Staaten, aber die waren von so geringer Bedeutung, daß unsere Erzählung sie übersehen oder ins Blickfeld rücken kann, gerade in dem Maße, in dem es ihr beliebt. An dieser Stelle beliebt es ihr. Sobald Landland erfuhr, daß seine Nachbarn Barsine erregend fanden, glaubten die Männer Landlands ihren älteren Brüdern und waren ebenfalls bereit, sich erregen zu lassen. Von da an alterte und entkleidete sie sich ohne Sorgen.

Noch zwanzig Jahre benötigte ihr Ruhm für den Weg in die Seestädte, und weitere dreißig Jahre später bereits, Barsine war nicht älter als neunzig, erreichte er Drei-Inseln. Jetzt kamen in Scharen die Besucher aus Drei-Inseln gereist. Sie brachten ihre Tuschkästen mit und malten den Körper der Künstlerin mit Wasserfarben in ihre Malbücher, und Landland war sich klar, daß eine Schönheit, die Besucher aus dem Reich der drei Inseln herbeilockte, unübertrefflich sein mußte.

Zwölf Jünglinge hatten sich in Barsine verliebt und sich selbst des Lebens beraubt, als sie, in einem Augenblick, in welchem sich, streng genommen, wenig mehr machen ließ, von ihr erfahren mußten, daß sie ihre Urenkel waren.

Auswärtige Verwicklungen

Selbst dem Neuen König war Barsines Ruf zu Ohren gedrungen, und er erhob sie in den Rang eines Beraters für schwerberechenbare Wendungen. Unter schwerberechenbaren Wendungen verstand man solche, die sich dem Zugriff des gewöhnlichen Verstandes entzogen und denen auf höherer und gleichermaßen geistiger Ebene begegnet werden mußte. Das andere Ratsmitglied war der Magister Knauerhase.

Dies ist die Mitschrift der ersten und einzigen Tagung des königlichen Rats für schwerberechenbare Wendungen, durchgeführt unter Vorsitz des Neuen Königs.

Neuer König: Eine heikle Sache. Mir war, als ich unlängst über eine unbedeutende Geldverlegenheit, worin ich mich vorübergehend befinde, nachsann, eingefallen, bei den Königinnen von Sa, Su und Si um ihre Hand anzuhalten; ich habe nun hier drei Postkarten mit den

Antworten. Sie schreiben, sie nehmen mich, und ich soll mich am Dienstag nach Pfingsten in Sa, beziehungsweise in Su, rücksichtlich in Si einfinden.

Knauerhase: Ich erkenne nicht, was Ew. Majestät an diesem so überaus vollständigen Erfolg mißfallen möchte.

Neuer König: Mir mißfällt, daß sie gewöhnliche Postkarten und keine Ansichtskarten benutzen.

Knauerhase: Richtig. Die Damen glauben, Ew. Majestät sei leicht zu haben.

Neuer König: Wir müssen also einen Weg finden, sie aus diesem unbegreiflichen Irrtum zu befreien.

Barsine: Antworten Sie, Sire, daß Sie den Einladungen nicht folgen könnten, weil Sie an dem genannten Tag mit der weltberühmten Barsine zur Feier von deren hundertstem Bühnenfest mit dem Elefantenwagen auszufahren vorhätten.

Neuer König: Aber würde man nicht gnädige Frau für meine königliche Beischläferin halten?

Knauerhase: Darauf, verstehe ich, zielt der Vorschlag ab.

Neuer König: Nein, Pomp und Überhebung sind nicht meines Wesens, ich verstecke meine Beischläferinnen so gewissenhaft wie der schlechtestbezahlte Bürger meines Landes. Was, übrigens, erreichen wir mit einer solchen Schaustellung?

Knauerhase: Wir zeigen, daß wir nicht leicht zu haben sind, und veranlassen die Königinnen, die Frage des Brautschatzes in Betracht zu nehmen. Die, welche am meisten bietet, heiraten wir, und von der Mitgift geben wir dem Volk zu löffeln.

Neuer König: Mir ist keinesfalls behaglich bei dem Plan, aber der Rat für leichtberechenbare Wendungen hat in dieser Sache gänzlich versagt. Ich werde meine Erwiderungen im vorgeschlagenen Sinn abfassen.

Knauerhase: Ein königlicher Entschluß.

Neuer König: Ja, und zwar auf holzhaltigem Papier.

Knauerhase: Wie Majestät belieben, aber es macht keinen Unterschied; in unseren Zeiten, wie sie nun einmal sind, wird auch holzfreies Papier aus Holz hergestellt.

Die Ausfahrt in den Pflanzengarten

An dem festgesetzten Junitage öffneten sich die breiten Gittertüren des Schloßhofes, und ihnen entquollen die Riesen von der Leibwache, eine Musikkapelle, ein Haufen von Spaßmachern, Alleinunterhaltern und Teufeln, ferner ein Trupp kriegsgefangener Fürsten, die, hohlwangig und unrasiert, wie man sie aus ihren Verliesen geholt hatte, an ihren Ketten schleppten; hiermit kein Ende, erschienen nackte Mädchen und Jungen, denen hellblaue Schmetterlingsflügel auf den Rücken gebunden waren, und natürlich die Feldherren und hohen Geistlichen. Der Zug rückte ab; sowie er sich in Gang gesetzt hatte, kam, gezogen von zwölf galoppierenden Elefanten, die königliche Staatskarosse von Landland über das Pflaster geholpert und schloß sich dem Zug an, so daß man sagen kann, alle diese prächtigen und kostspieligen Personen seien lediglich die Einleitung gewesen, der König hingegen und seine Begleiterin die unbestreibare Hauptsache.

Der Neue König bevorzugte unter den Farben die weiße, weil man ihn in dieser Farbe auch bei Dämmerlicht nicht übersah. So trug er einen strahlend weißen Wollmantel um die Schulter geschlungen. Der Mantel unterschied sich von den weißen Mänteln, welche die Hirten zu tragen pflegen, er war eigentlich ein Purpur, den die Schloßmägde so viele Jahre zur Wiese am Fluß hatten hinabtragen müssen, bis der seltene Farbstoff restlos herausgebleicht war; der Neue König, meinen wir, hatte etwas von einem Snob. Barsine trug die große Hofrobe, nur zurückhaltender ausgeschnitten als üblich.

In der Hand hielt der Neue König, als Sinnbild der Fruchtbarkeit, einen Hering, und Barsine hatte ein Vogelgebauer mit einer Taube und einem Spatz im Schoße, welche Tiere die zärtliche Neigung und die unerschöpfliche Fähigkeit zur Lust verkörperten.

So fuhren sie nach Landlands meisterwähntem Park, dem Pflanzengarten.

Im Pflanzengarten, wo die besseren Bürger mit ihren Zebrakarren und Straußen-Phaetons herumwimmelten und das Wetter genossen, entstand großes Durcheinander. Jeder sah, daß er auf einen Grünstreifen oder in einem der kiesbestreuten Seitenwege zu halten kam. Es gab Tote, Verletzte und auch wirkliche Schäden. Es stellte sich heraus, daß die Elefanten weder in der Breite noch in der Höhe durch die alten Platanen paßten. Die Riesen an der Spitze mußten querhängende Äste abbrechen oder einzelne Bäume zur Seite knicken. Die Unruhe war unbeschreiblich, der Zug kam nur Schritt um Schritt voran.

Das Volk, das seit dem Herrschaftsbeginn des Neuen Königs keinerlei Prunk mehr zu sehen gewohnt war, zeigte sich begeistert.

»Sind sie denn vermählt?« fragte einer den anderen.

»Nein«, lautete die Antwort, »er prahlt mit Unzucht.«

Und alle gelangten zu dem Schluß:

»Er ist nicht mehr bescheiden. Er hat gewiß den Ausweg gefunden.«

Nachspiel der Ausfahrt in den Pflanzengarten

Der Zug wendete, und die Karosse kehrte in den Palast zurück. Der Neue König ging mit Barsine ins Schlafzimmer. Er schloß die Tür ab, steckte den Schlüssel in die Tasche und befahl:

»Zieh dich aus.«

»Um keinen Preis«, sagte Barsine.

»Du weigerst dich?« fragte der Neue König erschrocken.

Die Künstlerin fiel auf die Knie. »Jeder anderen Frau«, sagte sie in einem von Herzen kommenden Tone, »wäre dieser Befehl die Erfüllung ihrer geheimsten Begierden. Aber wenn ich mich ausziehe, Sire, ist das Kunst, und Kunst, Sire, läßt sich nicht befehlen.«

Der Neue König achtete die Freiheit der Entkleidungskunst. Er händigte Barsine den Schlüssel aus und behielt sie in seiner Huld.

Wie der Magister in den Wald kam

Drei Wochen später trafen die Königinnen von Drei-Inseln in Landland ein.

Sie wählten drei heitergelegene Plätze vor den Mauern der Hauptstadt. Dort stellten sie ihre Betten auf und ließen sich in ihren besten Nachthemden blicken.

Die Königin von Sa besaß ausladende Schultern und keine Spur von Becken, und sie hatte zwei schwarze Diener bei sich, welche vor ihr hergehen und auf erhobenen Handflächen ihre Brüste tragen mußten. Die Wellen ihres Haars waren vom Hofmaler in jenes lebhafte Gelb getaucht, welches das untrügliche Zeichen einer für feinste geschlechtliche Berührungen empfänglichen Haut ist. Man konnte sie jeden Morgen und jeden Abend und den halben Sonntag im Bett knien und beten sehen, was ihr den Ruf tiefer Frömmigkeit einbrachte. Aber das war ihr gleichgültig. Sie tat es nicht ihres Rufs wegen, sie glaubte daran.

Die Königin von Su trug ihren kräftigen Knochenbau unter einer Schicht von Fett, einem Ausdruck von Gutmütigkeit und einem Überhang von Weizenhaar verborgen. An ihrer Bettzarge waren die Urkunden von fünfzig Jahrmärkten befestigt, auf denen sie den Lukas überwunden hatte.

Die Königin von Si war eine katzenhafte Schönheit, glich aber oft auch einem unscheinbaren und mondgesichtigen Landkind. Ihre Haarfarben waren schwarz, braun, tizianrot, kastanienrot, fuchsrot, blond, silberweiß und aschblond.

Der Neue König nahm wahr, welche Wirkung die Ausfahrt mit Barsine auf seine Bräute geübt hatte. Ein Gefühl von Macht durchdrang ihn, und er ordnete an, den Magister Knauerhase wegen seines hochverräterischen Gedichts »Taten und Unterlassungen des Königs von Landland« hinzurichten.

Das Urteil wurde vollstreckt, und zwar an einem Bankbeamten namens Kauerhase, einem Postboten namens Knurrhahn und einem Militärrentner namens Opolnik, die ungefähr im nämlichen Stadtviertel ihre Häuser hatten wie der Magister.

Da, um derlei Verwechslungen in Grenzen zu halten, das landländische Gesetz bestimmte, daß für ein und dasselbe Verbrechen, sofern es von einer einzelnen Person begangen war, auch immer nur höchstens zwei oder drei Personen hingerichtet werden dürften, kam der Magister unbeschadet aus dem Zwischenfall. Aber es war um die Zeit herum, daß ihm in den Sinn kam, den Gang seiner Geschäfte für eine Weile zu unterbrechen und sich an der gewürzreichen Luft, welche die waldigen Hügelketten von Landland durchatmet, zu erholen.

Was im Walde fernerhin sich ereignet

Es gibt die Welt, worin wir uns befinden, und die Welt, welche in uns sich befindet, aber allein in Gestalt einer gleichgestimmten Seele hat unser Innen ein Draußen. Der Magister Knauerhase und der wilde Mann fanden Vergnügen an einander. Sie entschlugen sich aller verächtlichen Meinung, stellten sich auf den Sie-Fuß und beschlossen, da die Dinge in Landland ihrer besonderen Aufmerksamkeit nicht würdig schienen, gemeinsam die Einöden und Fluren zu durchstreifen und, wo möglich, jenen liebenswürdigen Ort aufzusuchen, der, wenngleich ihn keiner vor Augen gehabt hat, in jedermanns Munde und als die *Stadt der Himmel* bekannt ist.

Der wilde Mann sorgte für beider Auskommen. Er hetzte die Hasen über die Heiden und fing sie mit der Hand, und er warf die Wacholderdrosseln mit Steinen aus der Luft, so hatten sie nichts zu darben.

Eines Tages gelangten sie zu einem Fluß, der, die schwarz spiegelnde Oberfläche in nur leichte Falten gelegt, zwischen Erlenbüschen und Sumpfeichen mählich dahinfloß. Der wilde Mann legte sich auf den Bauch, um einen Aal zu greifen. Er richtete sich zornig und verwundert wieder auf.

»Entwischt?« fragte der Magister.

»Er war weiß«, sagte der wilde Mann verstimmt, »und fett wie ein Kindchen.«

Der Magister wollte sich im Fischereiwesen ebenfalls versuchen und griff nach dem Aal, und der Aal versetzte ihm einen kräftigen Biß in den Handballen.

Da sprang der wilde Mann in seiner vollen moosigen Kleidung, wie er sie anhatte, in die schlammigen Fluten. Es entstand ein Gewühl und ein Aufruhr. Der wilde Mann kam mit seinem Fang zum Vorschein. Der wand und sträubte sich und schnellte, als der wilde Mann ihn fallen ließ, auf dem Boden hin und her, wobei er hartnäckig in den Strom zu entschlüpfen trachtete. Endlich gab er Ruhe und hielt still. Es handelte sich um einen schlankgliedrigen Knaben mit goldenem Lockenhaar.

»Wie kommen Sie in diese Gegend, Hoheit?« fragte der Magister.

»Ich lag in meinem Bett«, erzählte der Königssohn, »da drangen bei Fackelschein Bewaffnete in mein Zimmer. Sie schleppten mich bis an dieses Ufer, schlugen mich mit einem Fleischklopfer aufs Hinterhaupt und schmissen mich über die Böschung, und ich habe seither vorgezogen, nicht wieder aufzutauchen, weil ich mich so sehr fürchtete.«

»Aber ist es denn erträglich, in der Tiefe eines Flusses zu leben?« wandte der Magister ein.

Der Prinz entgegnete:

»Mein Herr, wenn Sie einmal herausgefunden haben, daß Sie über Wasser verloren sind, werden Sie aufhören zu fragen, ob das Leben unter Wasser erträglich sei.«

Gute Lehren und ein frühes Ergebnis

Weil sie den Sohn des alten Königs hatten, hatten sie eine Art Aufgabe. Sie stellten die Suche nach der Stadt der Himmel ein; sie lebten im Verborgenen, und der Magister kümmerte sich um die Erziehung des Thronfolgers.

Er unterrichtete ihn in den Wissenschaften, deren Beherrschung zum Fortkommen unserer Gattung nötig ist, und er vernachlässigte nicht die Künste, welche sich in eine Vier- und eine Dreizahl gliedern und die man, weil sie überflüssig sind, die freien nennt.

Die Vierzahl umfaßt

1. Kenntnis der Geschichte,

2. Erklärung der Geschichte,

3. die Kunst, gegenwärtige Vorfälle nach der Weise der Geschichtsforscher zu betrachten, und

4. die Kunst, den künftigen Gang der Geschichte in den gewünschten Weg zu lenken.

Die Dreizahl umfaßt

1. Bienenzucht,

2. Kosmogonie,

3. die Kunst, Frauen von 40 zu ihrer Zufriedenheit zu unterhalten.

»Das Gesetz, wonach Menschen sich betragen«, lehrte der Magister den Königssohn, »lautet: sie suchen den vergänglichsten Nutzen auf die unzweckmäßigste Weise zu erlangen.« Und er fügte hinzu:

»Rechnen Sie niemals mit der Selbstsucht der Menschen. Ihre Unvernunft ist immer stärker.«

Kriegerischen Sinn pflanzte er ihm ein mit dem Satz:

»Verlassen Sie sich stets und ohne Rückhalt auf die Angst Ihrer Feinde.«

Dem Königssohn brummten die Ohren.

»Du verlangst von mir, was du von dir selbst verlangen würdest«, sagte er, »so erreicht man überhaupt nichts.«

»Im Gegenteil«, sagte der Magister. »Ich verlange, daß Sie mich an Weltklugheit in dem Grade übertreffen, in dem Ihre Pflichten über den meinigen stehen werden.«

»Ich habe keine Lust, mir das alles zu merken«, sagte der Königssohn.

»Dann werde ich Ew. Hoheit untertänigst den Hintern vollhauen«, erwiderte der Magister.

»Wilder Mann!« rief der Königssohn.

Der kam.

»Was sagst du«, sagte der Königssohn zu dem wilden Mann, »Knauerhase hat mir soeben vorgeschlagen, dich mit seiner Hilfe in einem Sack zu ersäufen.«

Der wilde Mann geriet in Grimm und schlug den Magister mit seinem Eichenknorren zu Boden. Der Prinz hüpfte lachend ins Röhricht.

»Natürlich hat er gelogen«, sagte der wilde Mann zum Magister.

»Natürlich«, bestätigte der Magister.

»Wir kommen voran«, sagte der wilde Mann.

»Landland bekommt einen Herrscher, der sein Handwerk versteht«, sagte der Magister seufzend, »aber ich weiß nicht, ob das Ergebnis die Zerbrechung meines Kopfes aufwiegt.«

Der Landländische Bote

Wenige Tage, nachdem der Königssohn durch diese Prüfung bewiesen hatte, daß er genug Ausbildung besaß, um seinen Beruf ohne Gefahr für Leib und Leben seines Volkes ausüben zu können, fanden sie eine Zeitung auf dem Waldboden, an welcher ein Holzfäller sich den Kot vom Hintern gewischt hatte.

»Was ist das?« fragte der Königssohn.

»Eine Zeitung«, gab der Magister zur Auskunft, »Hoheit sollten die Finger davon lassen.«

»Weshalb?« fragte der Königssohn.

»Merken Sie nicht, wie unreinlich das ist«, sagte der Magister, »und wie übel das riecht?«

Der Königssohn erwiderte:

»Wer herrschen will, wird sich wohl mit dem Unreinlichen und Übelriechenden zu befassen haben.«

Und er befahl dem Magister, die Stellen des Landländischen Boten zu verlesen, welche nicht braun geworden waren. Wir geben den Inhalt des Blatts in den nämlichen

Ausschnitten wieder, in denen der Magister ihn gab, obgleich wir uns leicht ein frisches Exemplar im Verlagsarchiv hätten verschaffen können.

Lesbare Stellen einer beschissenen Zeitung

Aus dem Leitartikel:

»... doch nichts als wieder nur ein neuer Unfug. Der sogenannte *Verein der Unschuldigen*, dessen jugendliche Mitglieder mit ihrer Namensgebung zu betonen wünschen, daß nicht sie es sind, die Landland eingerichtet haben, wie es eingerichtet ist, befaßt sich ausschließlich mit harmlosen Streichen und spielerischen Mutproben wie zum Beispiel der Entzündung von Zigaretten mittels mit Pulver gefüllter und zum Ausdehnungsknall gebrachter Kürbisse. Die Fertigungsidee dieser unterhaltenden Maschinen beruht freilich auf einer uralten Erfindung von der Insel Si; alle Behauptungen jedoch, es ließe sich die Herkunft der Maschinen selbst oder der in ihnen befindlichen gehackten Nägel in die Umgebung der bei uns zu Gast weilenden Königin zurückverfolgen, sind von zuständiger Stelle mit Empö ...«

Eine Meldung:

»Unschuldige verhaftet! – Vom Rücken eines vorbeirennenden schwarzen Hahnes wurde ein Werfpulverkörper in ein Kaffeehaus, worin vornehmlich Soldaten des Sa'schen Jägerregiments verkehren, geschleudert. Die Druckwelle brachte das Gebäude zum Einsturz und verursachte den Tod der Kassendame, aller sechs Serviererinnen sowie von zwanzig Fußgängern, unter denen sich eine Nonne mit dreizehn ihr anvertrauten Kindergartenzöglingen befindet. Die Täter, ausnahmslos Angehörige des Vereins der Unschuldigen, wurden von den Umstehenden ergriffen; sie sind ohne Reue, doch geständig.«

Aus einer königlichen Bekanntmachung:

»... hat jede Volksmenge, welche an Ecken stehend angetroffen wird, sofort unaufgefordert sich weiterzubewegen, sowie jede bewegliche Zusammenrottung sofort unaufgefordert an der nächsten Ecke stehenzubleiben. Zuwiderhandelnde werden ersch...«

Erklärung der Königin von Su, auf der Schloßtreppe:

»Ich werde meinem Vetter Landland empfehlen, sich in die Zitadelle zu begeben und dort abzuwarten. Die Insel Su hat Erfahrung mit Unruhen. Man läßt sie liegen, und nach einer Weile wirft man sie in den Papierkorb.«

Erklärung des Neuen Königs von Landland, auf der Schloßtreppe:

»Ich werde den Vorschlag meiner Base Su gewissenhaft prüfen, so viel kann ich jetzt bereits sagen.«

Der Magister hintergeht den wilden Mann

»Wenn ich all dieses elende Zeug richtig auslege«, sagte der Königssohn, »ist Landland dem Untergang ziemlich nahe.«

»Verdientermaßen«, sagte der Magister.

»Sollen sie sich in die Luft pusten«, sagte der wilde Mann. »Was kümmert es uns?«

Aber der Königssohn stampfte mit dem Fuß auf und sagte:

»Meine Herren, Sie sprechen von meinem Königreich.«

Im hervorragenden Menschen mischt sich die Einsicht,

daß er nichts vermag, mit einer Lust zu kühnen und maßlosen Unternehmungen. Der Magister und der wilde Mann kratzten sich die Köpfe und erklärten:

»Ach, einer von uns wird Landland retten müssen.«

Es entspann sich aber sogleich ein Streit unter den Freunden hinsichtlich der Frage, welcher von ihnen den Wald verlassen und sich in die Verdrießlichkeiten des Weltlaufs mengen sollte. Da jeder der beiden wußte, daß der andere es ungern tat, befahl Edelmut jedem der beiden, die Rettung Landlands selbst zu übernehmen.

»Sie sind dort nur mit knapper Not entronnen«, sagte der wilde Mann. »Ihr Leben hing an einem Strohhalm.«

»Sie sind hier in den Wüsteneien verweichlicht«, sagte der Magister, »bei keiner Gefahr als höchstens durch Löwe, Hippopotamus und die große Baumschlange. Jedes Schrecknis gebührt dem, der auf es eingestellt ist.«

Sie wurden unglaublich wütend. Sie kränkten sich so tief, wie nur Ähnlichfühlende können, und sie ließen einander nicht ausreden. Hätten sie sich nicht erinnert, daß sie gleich stark waren, sie hätten sich geschlagen. Stattdessen losten sie. Der wilde Mann zog das längere Streichholz und hatte gewonnen.

Der Magister reichte ihm den Abschiedsbecher. Der wilde Mann schüttete den Trunk herunter und fiel wie tot um. Der Magister hatte aus seinem Magisterring einen Tropfen Opium in den Becher geträufelt.

»Er ist ein gewaltiger Held und Rätsellöser«, bedeutete er dem Königssohn, »aber zur Rettung von Königreichen braucht es heute mehr als in den alten, märchenhaften Tagen.«

Er küßte den Besinnungslosen und nahm seinen Weg zum Feldlager der Königin von Sa, dessen Zelte zwischen der Waldeinsamkeit, worin wir während der letzten Kapitel uns aufgehalten haben, und der Zitadelle von Landland ihre Wimpel flattern ließen.

Der Magister gelangte unbehelligt durch das Lager. Die Königin erlaubte ihm, sich zu ihr auf die Bettkante zu setzen, wobei sie Tee mit Gurkenbrötchen reichte.

Aber wenige Stunden nach des Magisters Eintreffen in der Hauptstadt erschien sie mit ihren Mohren und ihrem Anwalt vor dem Neuen König, der, von seinen Grafen umstanden, auf dem Richterstuhle saß, und forderte, daß der Magister Knauerhase vor Gericht gezogen und zum Tode verdammt werde.

»Wegen welches Verbrechens?« erkundigte sich der Neue König. Die Königin von Sa erwiderte:

»Wegen Mordes an unserem gemeinsamen Sohn.«

Der Magister wurde geholt und begriff nichts. »Ich habe mich um die Gunst dieser Fürstin niemals beworben«, sagte er.

Der Anwalt rief:

»Er gibt es zu!«

Und er begründete die Anklage.

»Da der Beschuldigte«, so führte er aus, »selbst einräumt, bei seinem Besuch im Bett der Königin eine Begattung durchzuführen unterlassen zu haben, ist er der Tötung jenes Kindes, das bei Zusammengießung der in seinem Besitz befindlichen Samentierchen mit dem vorhandenen königlichen Ei sich würde gebildet haben, überführt.«

Die zwei Schwarzen entblößten die Brüste der Königin, vier weitere Diener kamen mit einer Wiege. Die Königin deutete auf die vollen Brüste und die leere Wiege. In ihr Gesicht trat ein beredter Ausdruck von Mutterschmerz.

Ein Schauder durchlief den Saal.

Der Magister erkannte, daß die Kette der gegnerischen Schlüsse kein schwaches Glied enthielt. Er versäumte keine Minute damit, die Voraussetzungen anzufechten, noch damit, das Endergebnis zu bezweifeln; vielmehr ließ er sich ein wie folgt:

»Schon aus Liebe zum Scharfsinn unterstelle ich dem Herrn Anwalt, daß der Nichtvollzug eines Beischlafes mit dem Verbrechen des Kindsmordes gleichgesetzt werden müsse. Ich bitte aber den obersten Gerichtsherrn zu berücksichtigen, daß ich, bei Zugrundelegung der gedachten Rechtsauffassung, auf dem Wege zu der Audienz und bei den mit derselben verbundenen Besorgungen und Erledigungen nicht umhin gekonnt hätte, auch den vorhandenen weiblichen Eiern der Duftwasserverkäuferin, des Konditorfräuleins und endlich der diensttuenden Zofe ihrer königlichen Hoheit zu einer Seele zu verhelfen, und daß ich hiernach, durch Erschöpfung meiner Samentiere, zur Erfüllung des Grundrechts auf Leben in allen Abstufungsgraden seines Vorhandenseins mit ihrer Majestät selbst jedenfalls unvermögend gewesen wäre. Die Seifendame kann mich verklagen; die Zuckerbäckerin, die Kammerkatze, jede von ihnen könnte es. Die Königin aber kann es nicht; denn sie war erst als vierte an der Reihe.«

Urteil im Fall der Ermordung eines möglichen Kindes

Am Hofe von Landland gab es vierundzwanzig Grafen, von denen sechs dem bestehenden Königshaus anhingen. Sie hingen ihm teils aus verwandtschaftlichen Gründen an, teils aus Gewohnheit und teils, weil der Neue König gewisse Lichtbilder von ihnen in seiner Schatulle verwahrt hielt, die durch einen Spiegel des Hotels »Zum grünen Baum« hindurch aufgenommen waren.

Dem Neuen König entging nicht, daß der Streitfall, wie immer er ihn entschied, zu großen Weiterungen im

Strafrecht, in der Hochschulpolitik und in den auswärtigen Angelegenheiten führen werde.

»Die Klage«, sagte er deshalb, »ist in ihrer Beschaffenheit verwickelt und nicht leicht auf einen Punkt zu bringen.«

»So ist es«, riefen alle unzufriedenen Grafen.

Aber die anhänglichen Grafen wollten ihrem Herrn einhelfen und sagten:

»Sie ist ganz klar. Es geht um Mord durch unterlassene Zeugung.«

Der Neue König ließ zwei seiner Anhänger heimlich erdrosseln und gegen ähnlich aussehende Beamte auswechseln.

»Ich verstehe«, sagte er dann. »Mein Magister ist der groben Unhöflichkeit bezichtigt, ein Kapaun zu sein.«

»Welcher Scharfsinn«, riefen alle unzufriedenen Grafen. Aber die anhänglichen Grafen verbesserten ihren Herrn in schönem Freimut und sprachen:

»Nein, er rühmt sich seiner Mannesgaben. Erst für den vierten Versuch läßt er seine Ohnmacht gelten, was an Prahlerei grenzt.«

Der Neue König, nachdem er zwei von ihnen erdrosselt und ersetzt hatte, fuhr fort:

»Er wird sich, denke ich also, angelegen sein lassen, beim nächsten Besuch bei meiner Base Sa seine Pflicht zu tun.«

Die unzufriedenen Grafen brachen in ein Beifallsgeschrei aus.

Die zwei anhänglichen Grafen, die noch übrig waren, setzten hinzu:

»Ja, aber unter dem Vorbehalt, daß er überhaupt jemals bei unausgeleerten Lenden bis zu ihr hingelangen könne.«

Der Neue König ließ auch sie erdrosseln und fällte den vielbewunderten Spruch:

»Der Magister Knauerhase wird verurteilt, die Unkosten für die besagte Wiege rückzuerstatten.«

Im Anschluß an das Verfahren verfügte der Neue König noch die Bestrafung jener Mitglieder des Vereins der

Unschuldigen, welche den Anschlag auf das Kaffeehaus begangen hatten. Die Sache bot keine rechtlichen Schwierigkeiten, so war der Gerichtstag, mochte er auch mit Verdruß begonnen haben, im Ganzen eher erfreulich verlaufen.

Der Aufruhr

Am andern Morgen jedoch erschien der Landländische Bote mit der Schlagzeile:

»Unschuldige gevierteilt.«

Auf die Art förderte das Blatt die Neigung des Volkes, die Maßnahmen derer, die es lenken, mißzuverstehen, in solchem Grade, daß gegen den Neuen König in seiner eigenen Stadt und Festung ein Aufstand losbrach.

Nun galt die Zitadelle von Landland, in welche der Neue König sich auf den Ratschlag der Königin von Su hin zurückgezogen hatte, für uneinnehmbar oder, wenn wir den alten Ausdruck gebrauchen wollen, für sturmfrei. Ihre Doppelmauer bildete einen trapezförmigen Keil, dessen drei fugenlos emporstrebende Schmalseiten von vier Ecktürmen her mit Geschütz bestrichen werden konnten.

Aber auch den Empörern mangelte es nicht an einem gewissen Kampfverstand. Sie schienen bedingungslos den Winken dreier Anführer zu folgen, wie der launische Geist der Geschichte deren in den ungelegensten Augenblicken aus dem Dunkel, worin sie sich befinden, ans Licht steigen läßt. Es waren ein herkulischer Steinklopfer, ein Arbeitsloser mit schriftstellerischem Ehrgeiz und ein blindes Blumenmädchen, welches an Auszehrung litt. Diese schrecklichen Helden der Finsternis zeigten sich ungern aus der Nähe. Aber wo immer ihre Köpfe über das Gewühl ragten, verbreitete sich in der Menge gleich magnetischen Linien ein sichtbar sich verzweigender Strom von Tätigkeit.

Wir nehmen also an, daß auch ohne die Ungeschicklichkeit der Presse das Verhängnis früher oder später würde seinen Lauf genommen haben. Wo die Kräfte der Auflösung in der Gestalt der Ordnung hervortreten, zeugen sie auf unbetrügliche Weise von Vorsatz und Vorbereitung.

Die Beschießung der Zitadelle von Landland

Der Kampf begann mit jenen geistigen Waffen, deren Einwirkung, ohne körperliche Schäden zu verursachen, genug stolze Herzen verletzt und manch erstorbenes Selbstgefühl zur Folge hat.

Insonders zwei Sorten von geistigen Waffen machten die Belagerer furchtbar.

Die einen nannte man die *Maulesel*, weil ihre Schnauzen aus in sie versenkten hölzernen Trichtern abschätzige Reden mit grauenhafter Lautstärke hervorbrüllen konnten.

Die anderen hießen die *Wildesel*. Mit ihren sich aufbäumenden Hinterhänden schleuderten sie ganze Ballen von Flugblättern über den Wall der Zitadelle. Die Zettel waren in der ungelenken und eigenwilligen Schreibweise der armen Leute auf Packpapier gekritzelt und enthielten stets ein und denselben Satz: »Rächt die Unschuldigen!«

Die Anführer beachteten sorgfältig die Bewegungen der Luft, so als verständen sie sich auf die geistige Poliorketik und wüßten wohl, daß es gerade im Wettstreit der Meinungen auf nichts mehr als auf die Windrichtung ankommt.

Der Neue König hatte die Auslese seiner Truppen eingesetzt. Auf der Mauerkrone des Außenrings standen die redenden Kampfgefährten, auf der des Innenrings die schreibenden Kampfgefährten. Sie hielten mit Ohrenschützern und schwarzen Brillen versehen stand, und sie erwiderten das Getöse der Ansprachen und die Gemeinheit der Schmähschriften mit dem vom Neuen König entworfenen Losungsruf »Die Unschuldigen sind an allem schuld«, den sie tapfer durch die Schießschlitze herausriefen oder, in Form von Handzetteln, die in den Kasematten von Schulklassen nach Ansage der Lehrer vervielfältigt waren, durch die vorkragenden Senkrechtscharten fallen ließen.

Der Satz tat seine Wirkung so gut wie jeder Satz auch. Aber da er länger war als der der Belagerer, konnten diese den ihren öfter wiederholen und trugen Vorteile davon.

Der Neue König ließ den Magister kommen und sagte:

»Es steht schlecht um uns, Knauerhase. Papier wird knapp.«

»Schon?« fragte der Magister.

Der Neue König seufzte.

»Offenbar«, sagte er, »habe ich mich um diese Seite der Wehrhaftigkeit nicht genügend gekümmert. Aber Sie werden Landland für mich retten, nicht wahr?«

»Es war meine Absicht«, sagte der Magister, »auch wenn ich nicht ausdrücklich versichern möchte, daß Sie es sind, um dessentwillen ich es tue.«

Er ging und ließ rücksichtslos alle Schriftsachen zusammentragen, die in der Zitadelle sich fanden. Er schonte nicht sein eigenes Heldengedicht, und sogar das Notizbuch, in das der Neue König die Namen derjenigen landländischen Großen eintrug, gegen die er eine Abneigung hegte, war unter ihnen. Er warf sie in die Papiermühle und schöpfte aus dem Brei einen einzigen riesenhaften Bogen Papier. Auf den Bogen druckte er in kleinen Lettern den Schlachtruf gegen die Unschuldigen. Dann spannte er vierundzwanzig Büffelkühe vor den Bogen, die schleppten ihn auf die Mauer.

Am Fuß der Mauer lag, als toter Kampfgefährte verkleidet, ein feindlicher Späher.

Der Magister warf ihm ein Päckchen Tabak auf den Bauch und sagte: »Dreh dir eine Zigarette, mein Junge.«

»Haben Sie zufällig auch Papier bei sich?« fragte der Steinklopfer; denn der war es.

Da befahl der Magister allen Verteidigern, gemeinsam den Bogen über die Zinnen zu stoßen, und sagte:

»Reiß dir heraus, was du benötigst.«

Die Anführer versammelten sich um den großen Zettel und musterten ihn beunruhigt und sprachen zu einander:

»Sie verwenden einen breiten Rand.«

Tod der Barsine

Sie verzichteten fortan auf jede weltanschauliche Auseinandersetzung, nicht ohne Neues und Schlimmeres zu ersinnen. Sie machten eine Schafherde ausfindig, die, von steifbeinigen Lämmern umsprungen, in den Gassen der Festung graste, und ergriffen den Widder. Das blinde Blumenmädchen band dem Widder einige übriggebliebene Brochuren mit dem Titel »Unschuld und Gewalt« an den fetten und blonden Schwanz, die zündete sie an.

Der Schafbock spürte die Gefahr im Rücken. Er preschte blindlings vorwärts; er rannte mit den mächtigen Hörnern und der eisernen Stirn gegen die doppelte Mauer der Zitadelle, und er durchrannte sie. Mit seinem ferneren Wohlergehen wollen wir uns nicht beschäftigen. Uns kümmert die Mauerlücke, die er hinterließ.

Von allen Seiten brandeten die Aufständischen gegen die Bresche. Die Kampfgefährten, die die Flucht verabsäumten, wurden niedergemetzelt.

Mit einem Mal erschien Barsine und warf sich dem Umsturz entgegen.

Sie trug einen Soldatentschako auf den Locken, ihre linke Brust war nackt, und in der linken Hand schwang sie Landlands Fahne. So stand sie, die flache Rechte gebieterisch gegen den Pöbel gestreckt, auf den Felstrümmern, die von beiden Rändern der Bresche zur Mitte herabgerollt waren.

Der Haufen zögerte angesichts ihrer zornblitzenden und funkensprühenden Blicke.

Als endlich ein Trupp von Maurergesellen sich voranwagte, geriet Barsine außer sich. Sie fuhr den rohen Burschen mit den Nägeln über die Stirnen, daß ihnen das Blut aus langen Striemen herauslief, und dem Vormann gab sie einen Backenstreich. Sie trampelte mit den Beinen. Ihre Brust schlappte auf und nieder. In kreischendem Ton verwünschte sie den Feind mit einer Flut unanständiger Redewendungen, von deren Inhalt die Maurergesellen kaum die Hälfte verstanden und deren genaue Bedeutung selbst die Knetmädchen und Badeweiber nicht in allen besonderen Fällen anzugeben vermocht hätten.

Der Haufen erstarrte.

Einige wichen.

Da sprang der schriftstellernde Arbeitslose auf eine umgestülpte Kiste und rief:

»Wer ist es, vor dem ihr euch fürchtet? Sie ist hundertundsieben Jahre alt und wird von der Fachpresse kaum noch beachtet.«

»Was?« riefen die Krieger. »Barsine, die wunderschöne Barsine?«

Sie stürzten sich voll Liebe auf die Künstlerin. Und als sie sie in ihrer Zuneigung und Begeisterung totgedrückt hatten, gaben sie ihr ein Begräbnis, bei dem nicht eine einzige Hausfrau von Landland abwesend blieb. Während der Feierlichkeiten aber wurde die Mauer ausgebessert und die Bresche geschlossen.

Kleinstenwahn und Tod des Neuen Königs

Vor Jahren, als der Neue König das Gift in das Törtchen des alten Königs eingefüllt hatte, hatte er einen langen Blick in den Spiegel getan und seine Zuversicht in den Satz gekleidet:

»Wenn ich nur niemals häßlicher werde, will ich gern niemals schöner sein.«

Ausgerechnet nach dem siegreichen Gefecht an der Bresche geschah es ihm nun, daß er wieder einmal in den Spiegel blickte.

Er musterte die Züge seines Spiegelbildes und stellte an vielen Zeichen fest, daß es ihm am Gedankenreichtum mangelte, um sich für einen großen Schurken, und an Fülle des Barts, um sich für einen großen Liebhaber ansehen zu können.

Bei dieser richtigen Erkenntnis aber vermochte er nicht innezuhalten. Wer seine Täuschungen über sich selbst verliert, hat alles verloren.

Der Neue König wurde kleinstenwahnsinnig.

Er begann den Eindruck zu bedenken, den er auf seinen Kammerdiener machte. Ihn befiel Zweifel an der Aufrichtigkeit der Gemälde, welche die Amtsstuben von Landland schmückten und ihn in seiner übermannshohen Leibesgestalt und mit einem flammenartigen Glanz um den Kopf darstellten, und er vermied Orte, wo ein solches Bild hing. Eine Sorge meldete sich in ihm, daß er in seinem Zimmer verloren gehen und, aller Angstschreie ungeachtet, nicht wieder aufgefunden werden könnte, und er ließ aus Vorsicht mit einem Faden eine Glocke mit seinem Zeigefinger verbinden.

Einmal rief er seinem Hund zu: »Komm sofort her!«

Da hörte er den Hund zurückrufen:

»Komm du selber, wenn du was von mir willst!«

Er folgte dem Befehl, und beide, der Hund und er, verletzten sich die Schnauzen an den Stacheln eines Igels und gingen am Wundkrampf zugrunde.

Die Kammer des Vergessens

Das Ableben des Monarchen ermutigte den Feind zu neuen Unternehmungen. Er berannte die Zitadelle mit Leitern, die er an die Steilwände legte, mit fahrbaren Treppenhäusern, die er auf Walzen über die Esplanade heranschob, und mit Stricken, in welche Kletterknoten eingebunden waren und die sich vermittels von geschleuderten Ankern in den Zinnen festhakten.

Es gab viele Tote. Viele Verwundete lagen herum, und es tat ihnen weh, bis sie tot waren.

An jeder der drei Seiten hauste einer der schrecklichen Anführer und leitete den Sturm mit Lust und Geschick. Der Magister leitete die Abwehr. Aber er konnte sich nicht dreiteilen; in welche Richtung er sich warf, er ließ zwei unverteidigt. Da tauchte auf der vierten, der meerbespülten Seite ein Segel auf. Es war aus Baumzweigen und Blättern geflochten und trieb ein Boot, das aus einem einzigen Stamm gegraben war, in den alten Hochseehafen von Landland. Auf die Uferbefestigung sprangen der wilde Mann und der verbannte Prinz, sie machten fürwahr wenig Worte.

»Ich nehme die Ostwand«, sagte der wilde Mann.

»Ich die Westwand«, sagte der Königssohn.

Der Magister besorgte die Südwand. Die Pforten öffneten sich zum Ausfall, und die Hauptpersonen unserer Erzählung schrieben sich mit Waffen in die Liste der Heldentaten ein, welche der Genius der Wahrheit führt und deren Inhalt mit den Verzeichnissen, die im Tempel des Ruhms aushängen, nicht übereinstimmt. Die empörerischen Rotten wurden zerschmettert und die schrecklichen Drei ergriffen.

»Bringt sie zu mir in den Thronsaal«, sagte der Prinz. »Ich bin der König Königssohn und habe mit ihnen zu sprechen.«

Die Gefangenen wurden gebracht, und der König Königssohn fragte:

»Wer seid ihr?«

Da zog der herkulische Steinklopfer seinen verschmierten Schnauzbart von der Lippe und sagte: »Ich bin die Königin von Su.«

Der Arbeitslose entledigte sich seiner Nickelbrille und gestand: »Ich bin die Königin von Si.«

Aber das Blumenmädchen reckte sich, bis seine unentwickelten Brüste zu ihrer zwölffachen Ausdehnung heranwuchsen; es ließ die Maske der Kümmerlichkeit fallen und erklärte:

»Ich bin, wie Sie sich nun schon werden denken können, die Königin von Sa. Ich bitte Sie, unseren kleinen Handel nicht als Ausdruck der Abneigung gegen Landland oder gar gegen Sie, der Sie ein junger Mensch und schön sind, zu mißdeuten. Unser Ingrimm galt dem Thronräuber, der mit unseren Gefühlen sein Spiel getrieben hatte. Denn das Frauenherz ist schwach und leicht zu betören, aber getäuscht füllt es sich mit Zorn und gleicht an Wildheit dem Herzen des Tigers.«

Der König Königssohn lobte ihre Verkleidungen, besonders die der Königin von Sa, die, wie er sagte, in den Handbüchern sowohl der weiblichen als der kriegerischen Listen Erwähnung finden werde, und fuhr dann so fort:

»Ich ersuche meine Basen, sich in den Waschraum für Damen zu begeben; denn als ein Mann, der eine gewisse Erziehung genossen hat, werde ich sicher nicht zum zweiten Mal in die Torheit verfallen, die schönsten Frauen des Erdkreises als meine Feinde anzusehen.«

Die Königinnen nickten huldvoll und schritten durch die mit Blumen bemalte Tapete.

Sie ließen auf ihre Rückkunft warten. Nach einer Stunde wurde der wilde Mann ungeduldig und sagte: »Sie verschönern sich zu gründlich.«

Der König öffnete die beblümte Tür, und als der wilde Mann und der Magister einen behutsamen Blick durch den Spalt wagten, fanden sie, anstelle eines blitzenden Gemaches, nichts als einen unendlich tiefen Abgrund, aus dessen Schlund her die Wellen des Alten Hafens gegen die Klippen donnerten.

»Eine Oubliette«, sagte der Magister fachkundig.

»Ja«, bestätigte der König Königssohn. »Ich pflegte schon als Kind hier meine Häschen zu ersäufen.«

Als die drei Königinnen ins Reich der drei Inseln nicht wiederkehrten, übernahmen dort die Insassen ihrer Harems die Macht. Es folgte jener viele Menschenalter währende Geschichtsabschnitt inwärtiger Kriege, der als der *Streit der dreitausend Witwer* bekannt ist, aber den Altertumsforscher durch keine schlagkräftigen oder erhellenden Bilder für sich einzunehmen vermocht hat.

Der Abschied des wilden Mannes

Zwischen der Zeit des alten Königs und der seines Sohnes hatte die ganze Herrschaft des Neuen Königs gelegen. So verzichtete König Königssohn darauf, seinen Vater zu hassen, und richtete sich nach ihm.

Der Magister und der wilde Mann saßen gemeinsam dem königlichen Rat vor. Sie folgten den Leitsätzen der Vernunft, die untrüglich sind, und es gab keine Meinungsverschiedenheit zwischen ihnen.

Eines Abends besuchte der wilde Mann den Magister. Der Magister holte Wein aus dem Keller und sagte, während er die Krüge auf den Tisch stellte:

»Setzen Sie sich nicht auf diesen Sessel.«

»Weshalb nicht auf diesen?« fragte der wilde Mann. Der Magister erwiderte:

»Sie haaren.«

»Was tue ich?« fragte der wilde Mann.

»Meine Freundin beschwert sich«, sagte der Magister. »Sie sagt, sie findet überall Haare auf dem Sopha und auf dem Teppich.«

»Ich bin nur gekommen, um meine Abreise anzukündigen«, sagte der wilde Mann. »Ich will die Suche nach der Stadt der Himmel wieder aufnehmen, die wir vielleicht zu voreilig abgebrochen haben.«

»Wir hatten eine andere Hoffnung gefunden«, sagte der Magister, »den Prinzen.«

»Ich glaube, er ist keine Hoffnung mehr«, sagte der wilde Mann.

Der Magister sagte: »Er ist ja nun auch kein Prinz mehr.«

»Es gibt keine Meinungsverschiedenheit zwischen uns«, stellte der wilde Mann fest.

»Wenn Sie es für richtig halten«, sagte der Magister kühl, »will ich Sie zum Abschied umarmen.«

Die Schlucht, aus der es keinen Ausgang gibt

In einer Gegend von Landland liegt zwischen heidekrautbewachsenen Hügeln ein Tal, dessen eine Öffnung sich zu einer Schlucht verengt. Das Ende dieser Schlucht hat kein Mensch erreicht, jedenfalls keiner, über dessen Bericht wir verfügten. Denn die Schlucht ist so tief, daß ihre Hänge nicht erstiegen werden können, und so lang, daß der Reisende zu irgendeinem Zeitpunkt die Hälfte seines Mundvorrats aufgebraucht hat und zur Umkehr gezwungen ist.

Auf der Suche nach der Stadt der Himmel durchstreifte der wilde Mann die ganze Welt. Als er alle Länder, die, auf die es ankommt, und auch diejenigen, die ohne Not mit Namen zu nennen wir vermeiden, durchforscht hatte, blieb ihm kein Weg mehr übrig, und er ging in die Schlucht.

Der Himmel wirkte neblig; die Luft war schwül, obgleich sie nicht warm war. Der Boden war mit einem Gras von mehligem Blaugrün und lila Ansätzen der Rispenstiele bestanden. Abgeblühte Ginsterbüsche klapperten mit den schwarzen Hülsen. Die Bruthöhlen der Schwalben, die in gleichbleibender Höhe die gelb und schmutzfarbenen Wände lochten, schienen sich nach oben zu verlieren; der Boden sank. Ab und zu bildete ein Sandschlag eine muschelförmige Zunge. Dann kamen die Halme einzelner.

Die Wanderung des wilden Mannes hatte viele Tage gedauert, als er ein halb Teil seines Wassers getrunken und sein halbes Brot verzehrt hatte. Falls er weiterging und die Stadt der Himmel nicht vorfand, würde es für ihn kein Wiederkommen mehr geben. Er setzte sich auf eine bleiche Wurzel, die, einem Knie ähnlich, aus dem Sand ragte, und führte, im ungeschmälerten Besitz seines gewohnten Scharfsinns, das folgende Gespräch mit sich selbst.

– Da die Stadt, wie wir gemeinsam erhärtet haben, woanders nicht ist, muß sie in dieser Schlucht sein.

– Und wenn sie nur in Ihrem Kopf wäre?

– Wäre sie in meinem Kopf, hätte ich sie überall gefunden.

– Sie folgern aus dem Nichtvorhandensein einer Sache, daß sie eine wirkliche Sache ist?

– Gewiß. Wirkliche Sachen haben das an sich. Sie sind mindestens so gern unvorhanden wie vorhanden. Die Stadt der Himmel kann kein Erzeugnis meiner Einbildung sein; denn die Erzeugnisse meiner Einbildung führe ich ständig bei mir und brauche mir nicht nach ihnen die Füße wundzulaufen.

Als der wilde Mann zu diesem Stand seiner Beweisführung gelangt war, schrieb er ihren Hauptinhalt auf zwei Seiten seines Tagebuches nieder. Er heftete sie einem Geier an die Krallen und ging dann, ohne seinen Schritt zu beschleunigen oder zu verlangsamen, weiter. Wir würden uns nicht getrauen, diese Geschehnisse mitzuteilen, wenn wir nicht die Blätter im Gipsmuseum zu Sperenberg mit eigenen Augen gesehen hätten, oder doch Ablichtungen derselben.

Klage des Magisters um den wilden Mann

Der Magister sah den Geier kreisen. Er schoß ihn vom Himmel, fand die letzte Botschaft des wilden Mannes an seinem Fuße und brach in Klagen aus.

»Ich habe meinen einzigen Freund verloren«, klagte er. »Er hatte bemerkenswerte Gedanken, wenn auch reichlich Haare. Er spiegelte mein Wesen auf vollkommene, wenngleich eingestandenermaßen ruppige Weise; er glich mir vielleicht am genauesten, wo er mir nicht glich. Der Geruch seines schweißdurchtränkten Fells gefiel den Frauen; er besaß, was mir fehlt und was ich, hätte ich nur gewollt, sehr wohl hätte besitzen können, freilich war es mit gutem Grund, daß ich nicht wollte.«

»Du klagst mit Einschränkungen«, sagte die Freundin des Magisters, »ist dein Herz nicht traurig?«

Der Magister antwortete:

»Mein Herz schon, aber mein Kopf nicht.«

Beschluß

Einmal ging der König durch des Magisters Amtsstube. Der Magister versuchte, eine Mappe unter den Staatspapieren zu verstecken; der König zog sie aus dem Stapel wieder vor und las auf dem Umschlag:

»Denkwürdigkeiten des Königs Königssohn.«

»Sie schreiben ein längeres Gedicht über mich?« rief er aus.

»Es ist seit zehn Jahren meine ausschließliche Arbeit«, sagte der Magister.

»Ich glaubte, Sie säßen meinem königlichen Rat vor, Knauerhase«, sagte der König.

»Ich gehe da kaum mehr hin«, sagte der Magister.

»Nun ja«, gab der König zu. »Ich ja auch nicht.«

Er ergriff einen Bleistift und trommelte mit ihm auf die Schreibtischplatte.

»Diese Art, Dinge mitzuschreiben, ist eine alte Angewohnheit von Ihnen?« fragte er.

»Ich werde sie schwer lassen können«, sagte der Magister.

Der König blätterte in dem Heft.

»Der Stil ist gut«, sagte er, »aber kalt.«

»Mein Kopf lobt Sie aufrichtig«, widersprach der Magister.

»Ihr Kopf schon, aber Ihr Herz nicht«, sagte der König. Und er fuhr mit der Frage fort: »Sie möchten nicht mit mir zusammenleben?«

»Immerhin«, sagte der Magister überrascht, »habe ich ein längeres Heldengedicht über Sie verfaßt.«

»Eben«, sagte der König.

»Nein«, sagte der Magister. »Ich möchte nicht mit Ihnen zusammenleben.«

Der Magister nahm Urlaub von seinem König. Er verließ die Stadt und ging zu ihr hinaus, bis er in den Wald gelangte.

Er betrachtete die Bäume, jene erfreulichen und bleibenden Zusammenfügungen des Zufalls. Er bedachte die Zeit, die sie zu ihrem Fertigwerden zur Verfügung gehabt hatten. Ein leichter Wind kam auf, er bewegte unerheblich das Blattwerk, der Magister hätte sich durch ihn getröstet gefühlt, wäre er eines Trostes bedürftig gewesen.

Die Gräfin Pappel

Der Mann auf der Planke

Im Salamandermeer, dort, wo das Jahr aus einem einzigen Tag und einer einzigen Nacht besteht, begegnete die Fregatte »Rennvogel« dem feuerspeienden Eisberg. Der Tag ist in jenen Breiten kurz, die Nacht lang; es herrschte also Nacht. Der Berg verbreitete seinen fahlen, seltsamen und ungenügenden Schein über das Schiffsdeck. »Ich weiß wohl, daß Gott die Natur zum Gebrauch durch den Menschen geschaffen hat«, sagte der Kapitän, »vermag ihm aber nicht in jedem einzelnen Fall zu folgen.«

In dem Augenblick sahen sie zwischen den Eisschollen die Planke und auf der Planke den Mann.

»Wahrhaftig«, schrie der Kapitän, »was machen Sie hier?«

»Und was Sie selber?« schrie der Mann zurück.

Es war, wie sehr sie schrien, nicht leicht, sich zu verständigen. Diese nördliche Landschaft, worin die Schelfe kalben, gleicht einem schwimmenden Gebirge. Die Gipfel von gefrorenem Wasser hoben und senkten sich und klirrten, wenn sie zusammenstießen; in den Lärm der Firne mengte sich das Donnern des feurigen Kraters und das Puffen, das der Strom der Lava hervorrief, wenn er eine Lawine kreuzte. Zu all dem kam das ungezogene Schmatzen der Salamander.

»Ich, Allan Gagelbusch«, schrie der Kapitän, »Schiffsoffizier im Dienst des Seefahrtsamts seiner Majestät des Königs vor Ur, befinde mich auf Fahrt von Nuklukahyet nach Novaja Semlja; da die Nordöstliche Durchfahrt durch eine heruntergefallene Sternschnuppe versperrt und noch nicht wieder geräumt ist und der Neusibirische Sund auf Grund eines Meerbebens im Boden ein Loch bekommen hat und leergelaufen ist, nehme ich gezwungenermaßen Kurs durch diese selten besegelte Ödnis.«

»Sie kommen aus Ur?« überbrüllte der Mann die örtlichen Geräusche.

»Ja«, brüllte der Kapitän.

»Auch ich stamme aus Ur«, erklärte der Mann. »Ihre Sprache zu vernehmen, hat was Trostreiches.«

»Ja«, versetzte der Kapitän, »lieblich, nach dem Schmatzen der Salamander, müssen Ihnen die Laute der Heimat im Ohr klingen.«

»Lieblich«, sagte der Mann, »kommt mir jetzt, da ich die Laute meiner Heimat vernehme, das Schmatzen der Salamander vor. Das, mein Herr, ist der Trost, den ich an dieser Begegnung finde.«

So kamen sie ins Gespräch. Der Mann auf der Planke erzählte dem Kapitän seine Geschichte. Wir, die wir in unserer Erzählung dem Logbuch der »Rennvogel« folgen, sind, da der Kapitän auch die Reden des Mannes auf der Planke unter »besondere Vorkommnisse« in das Buch aufgenommen hat, in der Lage, auch deren Inhalt mit nicht weniger Vollständigkeit und Treue wiederzugeben als die Begegnung im Salamandermeer. Wir hätten uns überhaupt niemals entschlossen, dieses wichtige Leben aufzuschreiben, wüßten wir nicht alles, was wir hierfür brauchen.

Das einhörnige Schwein

Philibert, ein junger Baumschulist und Edelmann, lustwandelte in seinen Wäldern. An einer Gabelung verließ er den gewohnten Weg; er bog anders ab als sonst und wählte von den Spaziergängen den weiten. Er gelangte in einen Wald, desgleichen er nie gesehen hatte, es war ein Pappelwald.

Die Bäume waren einförmig und häßlich. Auf dem Boden wuchsen weder Pilz noch Blume. Die Blätter oben flirrten in einem törichten Silbergrün; sie spielten unruhig an ihren dünnen Stielen; sie rauschten nicht, sie zischelten.

»Dies ist gewiß die nichtssagendste aller Pflanzenwelten«, sprach der Wanderer mit Staunen. »Sie ist überflüssig, und sie zeigt es.« Während er so sprach, vernahm er ein Geschrei um Hilfe. Eine Dame war in Not. Und wenngleich er allen Abenteuern oder Ausnahmen abhold war, war er doch rechtschaffen; er zögerte nicht und folgte dem Ruf.

Die Dame war eine weißgewandete Dame unbestimmten Alters, und die Not, in der sie war, war verursacht von einem einhörnigen Schwein. Sie rannte, die Schleppe gerafft, zwischen den Stämmen; das rosige Untier war der Fliehenden hart auf den Fersen und bedrängte sie von vielen Seiten. »Nicht«, schrie sie, »nicht!« Erst als Philibert laut die Hände gegeneinander schlug, verlor sich das Scheusal und ging abseits.

»Wie gerieten Sie in diesen beklagenswerten Mißwuchs von einem Wald?« fragte Philibert die Dame.

»Er ist mein Eigentum«, erwiderte die.

»Wie«, sagte Philibert, »so wären Sie gar die Gräfin Pappel?«

»Meine Freunde«, sagte die Pappel, »nennen mich Alba.« Und sie fletschte wie zum Kuß die Zähne.

Damit verschwand sie. Das Schwein kehrte zurück. Es knuffte Philibert mit seinem Nasenknüppel und bleute ihn gründlich durch. Endlich, als er sich nicht mehr rührte, schloff es davon.

Philibert blieb für tot liegen. Vielleicht wäre er wirklich gestorben, hätte nicht ein Junge, der Sohn eines von Philiberts Waldhütern, der sich durch wunderbare Fügung in der

Nähe aufhielt, sich herbeigefunden. »Herr, wie sehen Sie aus?« rief der Junge. »Wie sehe ich aus?« fragte Philibert. »Sie sehen aus wie von einem einhörnigen Schwein zerschlagen«, antwortete der Junge. »So«, sagte Philibert, »sieht man das?«

Der Junge lud ihn über den Rücken und trug ihn zu seinem Gutshof. Philibert gab ihm einen Groschen und sagte: »Du hast mir gut gedient, nimm das für die Mühe und trinke ein Glas auf meine Gesundheit.« Aber der Junge weigerte sich und nahm das Geld nicht.

»Mein Großvater hat Ihrem Großvater umsonst gedient«, sagte er treuherzig, »mein Vater hat Ihrem Vater umsonst gedient; so ist es die Ordnung; ein Groschen ist mir nicht genug, um mir dafür die Ordnung meines Lebens durcheinanderbringen zu lassen.«

Im Waldreich Ur

Nicht viel später, Philibert war eben von seinen Prellungen genesen, erreichte ihn der Befehl des Königs von Ur, sich in Schloß und Hauptstadt Fünfeichen einzufinden. Es ging um eine Staatsangelegenheit. Durchgeführt wurde ein Empfang für den Sturmkönig Eostro.

Das Reich Ur nahm zweifellos die Mitte der Welt ein, jedenfalls der bewohnenswerten. Die Adligen von Ur besaßen ausgedehnte Wälder oder Baumäcker. Die königlichen Domänen waren mit Eichbäumen bepflanzt. Andere Standespersonen zogen Sorten wie Walnuß, Mahagoni, Birke und Birne. An Steinen fehlte es in Ur. Die Leute hatten Häuser von Holz, die Edelleute von Edelholz.

Der Sturmkönig Eostro war der Monarch von gegenüber. Er war eingetroffen mit hundert Eunuchen, zwanzig Feen und drei Bären.

Das Machtverhältnis zwischen den Herrschern war einfach. Dem Eostro gehörte die eine Hälfte der Erde, dem König von Ur die andere. Insgeheim jedoch und eigentlich glaubten beide, die Erde gehöre ihnen ganz. Sie sprachen es nicht aus, aber sie fühlten so. Und aus dieser Lage der wahrscheinlichen Verwicklung und vorauszusehenden Feindschaft entsprang die Notwendigkeit regelmäßiger Treffen, deren ungestörter Ablauf augenscheinlich zu machen hatte, daß die Fugen der Welt heil waren und ihre Gewichte im Gleichgewicht. Vom Ausgang der Treffen der Könige hing fast alles ab.

Je weniger sie einander zu sagen hatten, desto genauer nahmen sie, was sie einander sagten. Besonders der Sturmkönig, der ungestüm war und in den Wäldern von Ur schon große Beschädigungen und Umbrüche angerichtet hatte, war empfindlich in Protokollsachen und in diplomatischen Dingen ein Stockfisch. Er maß den roten Teppich, auf dem Ur unter seinen Vasallen stand, und den, worauf er mit seinen Eunuchen, Feen und Bären Aufstellung genommen hatte, auf den Zentimeter genau ab. Er hob den Festjungfrauen den Rock, um zu überprüfen, ob sie gewaschene Knie hatten. Endlich billigte er die getroffenen Anstalten und entschloß sich einzulenken und sagte zum König von Ur:

»Es ist unseren Räten gelungen, in dreißigjähriger Mühe die Weltformel zu erarbeiten. Alle Länder gegenüber Ihren sind meine. Alle Länder gegenüber meinen ...«

An der Stelle fiel ihm ein Türsteher in die Rede. Er stampfte mit seinem Stock auf und verkündete:

»Alba Gräfin Pappel.«

Die Pappel drang schallend in den Thronsaal; sie wandte sich an den König von Ur und sagte: »Sire, Sie müssen mich anhören.«

»Jetzt nicht«, sagte der König von Ur und nickte.

Der Heizer des Königs von Ur

Der Heizer des Königs von Ur war ein wohlgemuter Mann, weder faul noch saumselig und zu jedem Dienst willig. Aber er bedurfte, um seine Tugenden zu entfalten, des Einklangs mit dem Weltganzen, mit anderen Worten, er fühlte lebhaft das Wetter. Er arbeitete nur, wenn ihm wohl war, und wohl war ihm nur, wenn es warm war. Der Heizer des Königs von Ur war ein Schönwetterheizer.

Der Heizer des Königs von Ur besaß einen gesteppten Schlafsack, in welchem er den Winter verbrachte. Im Monat Juni tat er zum ersten Mal die Augen auf. Ab Anfang August wurde er wirklich rege. Er heizte und heizte und heizte, er legte auf und schob nach, bis die Schlote glühten, und wenn es die Sonne draußen auf dreißig Grad brachte, so brachte er es drinnen auf sechzig.

Ungefähr im Oktober, spätestens mit den ersten Frösten, überkam ihn wieder der Zweifel am Sinn alles menschlichen Tuns. Er verkroch sich in seinem Sack, und die Öfen und Kamine blieben ungefahren. Sommersüber, kann man sagen, war es im Schloß Fünfeichen besonders warm und wintersüber besonders kalt.

Hierin finden wir die Erklärung von des Königs Halsreißen.

Dessen Folge wieder war, daß der König mit seinem starren Hals nur nicken, nicht aber den Kopf schütteln konnte.

Es war eine Behinderung, die ihn beim Herrschen schon in manche Verlegenheit geführt hatte und die ihn, wie wir vorauszuschicken uns nicht scheuen, endlich um alle Gewalt bringen würde.

Der König von Ur konnte nicht nein sagen.

Die Pappel nahm das Nicken des Königs als Redeerlaubnis und sagte:

»Mein Verlobter tut keine Schritte zur Heirat, er macht nicht ernst.«

»Welcher Verlobte?« fragte der König.

»Dieser hier, Philibert«, sagte die Pappel.

»Ich höre von all dem zum ersten Mal«, sagte Philibert. »Ich rettete die Gräfin unlängst vor einem einhörnigen Schwein; ich habe weder davor noch danach ein einziges Wort mit ihr gesprochen.«

»Vertraulichkeiten, wenn sie zwischen den Geschlechtern vorfallen«, sagte die Pappel, »kommen in unseren Kreisen einem Eheversprechen gleich. Welche Handlung an einer Dame aber wäre vertraulicher, als ihr das Leben zu retten?«

Bei der Wendung »in unseren Kreisen« rümpfte der König unmerklich einen Nasenflügel. Mit der Hoffähigkeit der Pappel war es keinesfalls weit her. Sie genoß einen schlechten Ruf, oder doch einen bestrittenen.

Die Pappel entstammte dem niedersten Unterholz. Von ihr wurde gesagt, sie habe als zwölfjähriges Mädchen dem Vater des jetzigen Königs bestimmte Gefälligkeiten erwiesen, von denen nur das erzählbar war, daß man sie unmöglich erzählen konnte. Wie das alles gewesen sein und seinerzeit sich abgespielt haben mag, sie wurde gegraft und ein Edelbaum. Ihre Ländereien waren ins Unermeßliche gewachsen, viele ältere Wälder waren von Pappelwäldern verdrängt. Sie gehörte zum engen Kreis, ob man sie dort gern sah oder ungern. »Ich bitte Eure Majestät«, sagte sie, »meinen Verlobten an seine Pflicht zu gemahnen und die Vermählung zu verfügen.«

»Kommt überhaupt nicht in Frage«, antwortete der König.

Aber weil sein verspannter Nacken ihn im Hals riß, nickte er bei diesen Worten.

Kein oberster Richter oder Aldermann, keine Versammlung der weisesten Frauen konnte entscheiden, was die Meinung von des Königs Antwort gewesen war. Er hatte etwas verfügt. Völlig unklar blieb, was er verfügt hatte.

Die Flucht aus dem Vaterlande

Jetzt mischte sich auch noch der Sturmkönig Eostro in den Auftritt.

»Ich bin unterbrochen worden«, sagte er und gab sich eingeschnappt. »Man hat an diesem Hof eine Abschweifung zugelassen, während ich sprach. Ich zweifle, ob der Weltbau diese Kränkung übersteht.«

»Nicht so stürmisch, Vetter«, sagte der König von Ur.

»Meine Natur«, sagte der Sturmkönig, »ist eine stürmische.«

Er fuhr fort und faßte seinen Willen zusammen.

»Es versteht sich«, legte er dar, »daß ich diesen Ort der Schmach sofort verlasse, und ich habe wenig Grund zu der Annahme, es könne die Gelegenheit zu einem Treffen zwischen unseren Weltreichen je noch wiederkehren. Jenes elende Weib, welches in ihrer Dreistigkeit einen Riß in die Ruhe des Planeten geschwatzt hat, will ich mir in den Sinn prägen und wohl merken. Was aber den Türsteher angeht, der sich, während ich das Wort hatte, nicht entblödete, sie in den Saal zu lassen, werden Sie, lieber Ur, sicherlich beistimmen, wenn ich ihn meinen Bären vorwerfe.«

»Na, ich weiß nicht«, sagte der König von Ur und nickte. Die Bären fraßen den Pförtner.

Dann verließ Eostro mit seiner Gesandtschaft das Waldreich Ur. Die Bären saßen satt in ihren Käfigwagen. Die Feen reisten in Kutschen, die Eunuchen zu Fuß. Wer aber gleichzeitig mit ihnen abfuhr, war Philibert.

Philibert war eigentlich kein Freund von Entschlüssen. Eine grundlegende Neigung zur Trägheit bestimmte sein Gemüt; hierdurch war er ausdauernd und stark im Dulden; er galt, seines Gleichmuts wegen, in Baumschulistenkreisen als Humorist. Aber er sah die Lage, worein das mehrspältige und auslegbare Urteil des Königs von Ur ihn gebracht hatte, für so bedrohlich an, daß er sich zu dem gewöhnlichen Ausweg bei nicht behebbaren Schwierigkeiten entschloß, einer längeren Auslandsreise.

Im Hafen lichtete eben das schnellste Meeresfahrzeug der damaligen Zeit, der Steamer »Queen Mab«, den Anker. Er war im Begriff, zum Wettbewerb ums Blaue Band des Ozeans auszulaufen, welchen er, wie man ja weiß, in jenem Jahr gewann. Philibert erreichte den Steamer rechtzeitig und bezog eine Kabinenreihe in der Luxusklasse.

Der Mann auf der Planke, Fortgang: Einladung auf die Fregatte

»Wußten Sie, mein Herr«, fragte der Fregattenkapitän, »daß auf Betreiben der Frau Gräfin Pappel die ganze Flotte von Ur der ›Queen Mab‹ hinterhergeschickt wurde? Es bestand ein Befehl, den Steamer einzuholen und Ihre Person beim Standesbeamten von Fünfeichen vorzuführen.«

»Warum tat man es nicht?« fragte der Mann.

»Die ›Queen Mab‹«, erklärte der Kapitän, »ist uneinholbar.«

»Das ist richtig«, sagte der Mann. »Sie ist das schnellste

Schiff der Welt, und jetzt, wo Sie es erwähnen, entsinne ich mich auch des Grundes.«

»Der Grund«, sagte der Kapitän, »liegt in der Verstandestätigkeit der Dampfmaschinenbauer von Ur.«

»Der Grund«, sagte der Mann auf der Planke, »liegt in der Gefühlstätigkeit der Dampfmaschinenbenutzer von Ur. Eines bestimmten Tages nämlich erblickten wir, mitten im Weltmeer, ein ungeheures bärtiges Haupt, welches auf den Wellen zu treiben schien. Der Erste Offizier der ›Queen Mab‹ traute seinen Augen nicht, ich aber traute ihnen; ich lehnte mich so weit über die Bordwand, daß ich das Gleichgewicht verlor und in den Ozean fiel. ›Mann über Bord‹ rief ich geistesgegenwärtig, während ich fiel. Der Erste Offizier verschränkte die Arme auf der Reling; er nahm die Pfeife aus dem Mund und sagte nicht ohne Bedauern: ›Die Queen Mab steht im Kampf ums Blaue Band, die kleinste Verzögerung der Fahrt würde uns den Sieg kosten, ich rechne mit Ihrem Verständnis dafür, daß an einen Aufenthalt leider nicht zu denken ist‹; mit dieser Auskunft verschwand er unter dem Gesichtskreis und ließ mich, wassertretend, Auge in Auge mit dem übermäßigen Schwimmkopf in der Weite des Weltmeers zurück.«

Diese Verumständung erregte die Neugier des Fregattenkapitäns Allan Gagelbusch. Übrigens waren seine Ohren das Klirren der Berge und das Rülpsen des Kraters leid, und er lud den Erzähler ein, auf die »Rennvogel« herüberzukommen und seine Gastfreundschaft anzunehmen. Aber der Mann nahm Anstand, seine Planke zu verlassen.

»Es ist ein frostiger und schlüpfriger Ort«, sagte er, »aber noch immer der wohnlichste und verläßlichste, den ich im Verlauf meines Lebens gefunden habe. Vielleicht bin ich«, setzte er hinzu, »obgleich man vor dieser Unart sich hüten soll, sogar ein wenig menschenscheu geworden.«

Der Kapitän ließ die Bedenken nicht gelten.

»Sie würden mir nicht mißtrauen, wenn Sie mich wiedererkennten«, rief er. »Sie sind ja mein Lehnsherr Philibert, ich aber bin kein anderer als jener Waldhüterssohn, der Sie damals durch wunderbare Fügung in dem Pappelwald aufgefunden und nach Hause getragen hat und der sich sogar für einen Groschen seine Treue nicht abkaufen ließ, um dieser Eigenschaft willen kam ich ja dann zur Marine.«

Durch alte Bekanntschaften ist man oft mehr, als man wünscht, verpflichtet.

Der Mann stieg von seiner Planke und bequemte sich auf die Fregatte, welche sogleich die Planke in Schlepp nahm. Er machte es sich in der Kapitänskajüte behaglich. Er nahm neben einem Feuer in einem Sessel Platz und legte vermöge eines Polsters die Füße hoch. Der Kapitän reichte ihm ein Glas Grog und sagte:

»Das ist was anderes für den Durst als ein gelutschter Eiszapfen, was?«

»Sie mögen Recht haben«, erwiderte Philibert. »Aber, ohne undankbar erscheinen zu wollen, ich selbst mache diese Art Unterschiede nicht mehr.«

Die Rieseninsel

Das Riesenhaupt hob sich ein Stück über die Wasserfläche und zeigte ein Paar mächtige Schultern. Wasser tropfte aus der Spitze seines Barts.

Dann schob es sich weiter nach oben, und die Gestalt eines ungeheuren Mannes ragte bis zum Hosenbund aus dem Meer.

»Warum strampeln Sie?« redete der Riesenkönig, denn der war es, Philibert an. »Sie verkürzen sich ja um all Ihren Atem.«

»Ich trete Wasser«, erwiderte Philibert.

»Aber das ist ganz unnötig«, sagte der Riesenkönig.

»Stellen Sie sich gern auf meine Insel.«

»Welche Insel?« fragte Philibert.

»Sie hat die Oberfläche noch nicht erreicht«, sagte der Riesenkönig, »aber vorgesehen ist sie.«

Philibert, eher weil er völlig von Kräften war als weil er den Versprechungen des Riesenkönigs glaubte, hörte die Beine zu bewegen auf und ließ sich sinken. Er war gefaßt, in der unendlichen Tiefe des Weltmeers unterzugehen. Plötzlich spürte er, wie ihm Grund unter die Füße geschoben wurde. »Sie meinen«, fragte er, »ich fuße auf einer vorgesehenen Insel?«

»Die Gegenwart ist nicht die wirkliche Zeit«, sagte der Riesenkönig ein wenig lehrhaft. »Wer die Zukunft einrechnet, braucht nicht zu strampeln.«

Jetzt tauchten überall in der Runde die Köpfe von feuchten Riesen auf. Ihre Körper waren knollig, ihre Stirnen zeigten einen frohgemuten und heldenhaften Ausdruck, sie trugen Spaten in den Händen. Sie hatten unter Wasser den Meerboden zu einem Berg aufgeschaufelt, der wuchs über den Salzschaum und stand da und war eine Insel.

Nachdem die Insel fertig war, freuten sie sich unbändig. Sie brachen vor Freude in einen Stampftanz aus. Durch den Tanz stampften sie die Insel wieder in den Meerboden hinein und unter die Wasserfläche zurück.

»Das Sittliche ist ihre Stärke«, sagte der Riesenkönig zu Philibert, der nun wieder Wasser trat, »die Geschicklichkeit vielleicht in geringerem Maße.«

Die Riesen sagten:

»Kein Problem, Meister.«

Sie schulterten ihre Spaten und gingen voller Zuversicht in die Wellen ab.

Als sie die Insel wieder oben hatten, errichteten die Riesen aus Walfischrippen, Hummerscheren, Korallen und anderen Meeresbaustoffen, dem, was sie eben besaßen, in ihrer Mitte einen Turm. In den setzten sie den Riesenkönig, in dem regierte er und hatte zu tun.

Da nämlich die Insel neu war, hatte sie eine Tektonik, das sind verdeckte Unstimmigkeiten im Gefüge ihrer Kruste. Der Boden arbeitete noch. Jedesmal wenn der Boden arbeitete, schwankte die Insel, und es war stets mit Inselbeben zu rechnen, mindestens für die ersten hundert Jahre. In ihrer Bekämpfung bestand die Staatskunst der Riesen.

Wenn die Insel nach links schwankte, lehnte sich der Riesenkönig aus dem rechten Turmfenster. Schwankte sie nach rechts, lehnte er sich links hinaus. So blieb alles immer im Gleichgewicht.

Die Riesen zertrampelten viel mit ihren großen Füßen. Aber ihre Herzen waren von unbeschreiblicher Sanftmut. Jeder Riese war jedes Riesen Freund; sie umarmten sich, wo sie sich trafen. Der Antrieb von allem war das Gemeinwohl. Ihre Hauptergötzung war, sich über ihre Insel zu freuen.

Sie stellten sich auf eine Düne und sprachen zu einander: »Hier war vorher gar nichts. Diese Düne haben wir gemacht.« Und dann stießen sie sich mit den Ellbogen in die Flanken und zertrampelten die Düne und freuten sich, und da sie nun einmal Riesen waren, freuten sie sich riesig.

Philibert beobachtete das Treiben dieser Tölpel mit unaussprechlichem Vergnügen. Und jedesmal, wenn er an sein Land Ur zurückdachte, fühlte er das Glück des Entronnenseins und genoß sein Leben und fand nichts an ihm zu ändern.

Philibert besaß aus der Hinterlassenschaft einer alten Tante, einer geborenen von Pock, einen verschlissenen Wunschsäckel; so stand er sich finanziell leidlich unabhängig. Wenn er sich nützlich machte, war es nicht aus Not, sondern weil es im Reich der Riesen der Brauch war.

Er arbeitete als Bebaumer; denn der Rieseninsel fehlte es noch an Schatten. Er hatte eine Gehilfin, eine minderjährige Riesin, die Tiny hieß und ihm die Töpfe mit den Stecklingen trug.

Ihre Beziehungen gediehen bald über das Berufliche hinaus.

Tiny war gesund, rothaarig und reizend. Die Knospen ihrer kindlichen Brüste hatten die Größe, die Farbe und die porig gerunzelte Festigkeit von dickschaligen Apfelsinen.

Der Größenunterschied zwischen ihren Körpern, über den sich Philibert insgeheim beunruhigte, machte Tiny nichts aus. »Ich forsche noch«, äußerte Philibert, »welche Form der liebenden Berührung dir am meisten zusagt.«

»Alle«, sagte Tiny und unterwarf ihn einem herzhaften Geschlechtsverkehr.

Tiny war die erste, aber keinesfalls die letzte seiner Frauen, die mit Philibert umsprang, wie ihr zu Mut war. Alle Frauen wissen, wonach sie verlangen, und keine von ihnen ist einfühlsam. Das ist wahrscheinlich der Grund für die Überlegenheit des weiblichen Geschlechts in der menschlichen Rasse. Keine Frau hat je erfahren, daß auch ein Mann eigene Gefühle haben kann.

Es endete aber gewöhnlich damit, daß sie ihn auf den sandigen Strand einer Bucht hinschmiß und sich mit ihrem vollen Gewicht auf ihn. Dabei preßte sie ihm alle Luft aus dem Brustkorb. Hören und Sehen verging ihm. Und wenn die Luft in seine Lungen zurückkehrte und Hören und Sehen ihm wiederkam, fand er sie sitzen, das rote Haar im Seewind.

»Was für ein großer starker Mann du bist«, sagte sie ernsthaft und hielt für wahr, was sie sagte.

Dann zeigte sie strahlende Laune und rief:

»Was wir tun, ist sittlich, ich fühle es.«

Äußere Einmischung

Eines Morgens fand der Riesenkönig unter seiner Post einen Brief mit einem Siegel. Der Brief stammte vom König von Ur und war eine diplomatische Note.

Dies sein Inhalt.

»Werter Berufsfreund, ich höre, daß einer meiner Untertanen, ein sicherer Philibert, sich in Ihrem Land aufhält. Derselbe ist der Verlobte der Gräfin Pappel, welche meinem Thron nahesteht, und wird zwecks Einlösung seines Eheversprechens hier benötigt. Ich ersuche um seine Rücküberstellung. Es geht, menschlich betrachtet, um die Sehnsucht eines Weibes; Nichtauslieferung des Philibert, beiläufig, wäre ein Kriegsgrund. In Völkerfreundschaft, Ihr Ur.«

»Wie verhalten wir uns hierzu?« sagte der Riesenkönig.

»Es geht um die Geilheit einer Vettel, menschlich betrachtet«, spottete der Hofzwerg, ein Gnom namens Otto. »Dieses Reich, das uns da frech mit Krieg droht, gibt es überhaupt nicht.«

Der Hofzwerg Otto diente dem Riesenkönig als Spaßmacher. Er verschluckte große Käfer, Demütigungen und Silben. Aus dem letztern Grund konnte er einsilbige Wörter, etwa das Wort Ur, nicht aussprechen; solche verschluckte er ganz.

Aber der König verwies ihm seine lose Zunge und sagte:

»Der Brief macht mir Sorge. Gerade Riesen haben allen Grund, behutsam aufzutreten.«

Er lud Philibert vor sich und erschien ihm in seiner Höhe.

»Sie sollen mit einer Frau Pappel verlobt sein, und zwar im Waldreich Ur«, sagte er. »Wahr oder unwahr?«

Philibert deutete die Bereitschaft an, Auskunft zu geben.

Der Riesenkönig beugte sich gnädig und lieh ihm sein immer noch fernes Ohr.

»Unwahr«, sagte Philibert.

»Gottseidank«, sagte der Riesenkönig, »in dem Sinn wollen wir antworten. Ich hätte Sie ungern entbehrt, gerade jetzt, wo die ersten Wipfel schon überall keimen.«

Er schüttelte sich nach der Anstrengung und sagte: »Was machen wir heute?«

Der Zwerg Otto schlug vor: »Gehen wir zur Klippe und schauen aufs Meer hinaus.«

Der König hieß den Vorschlag gut. Er ging zur Klippe und schaute aufs Meer hinaus.

Dann stürzte er von der Klippe und lag unten tot.

Entsetzen kam auf und nach dem Entsetzen ein Argwohn. Otto, hieß es, habe den Riesenkönig über die Klippe gestoßen.

Diesem Argwohn begegnete die Partei des Hofzwergs vermöge einer naturwissenschaftlichen Berechnung, derzufolge der winzige Otto den Schwerpunkt des Riesenkönigs angesichts von dessen gewaltiger Masse um keines Haares Breite hätte verlagern können. Ottos Feinde, als sie nachrechneten, stellten zu ihrer Überraschung fest, daß die Berechnung stimmte.

Otto konnte es gewollt haben, aber er konnte es nicht gewesen sein.

Der Riesenkönig wurde in einem langen Sarg aus Pappelholz zu Grabe getragen. Otto leitete die Beerdigungsfeierlichkeiten. Hieraus ersahen die Kundigen, daß der Spaßmacher für die Nachfolge bestimmt war, und richtig, bald zog er in den Muschelturm ein und bestieg den Thron von Manganknollen und Kabeljaugräten.

Obgleich von Wuchs ein Zwerg, zeigte er im Handeln Größe.

Als erstes ließ er die Rieseninsel zum Erdteil ausrufen. Er legte fest, daß sie an Rang allen Festländern gleichkomme, und verkündete das Ende aller politischen Rücksichten.

Philiberts Lust an seiner Tiny blieb unvermindert.

Eines Tages weilte er mit ihr am Gestade, unweit der Stelle, wo ein Bootsverleiher seinen Steg hatte. Plötzlich hatte er einen Einfall und sagte:

»Heute will ich einmal oben liegen.«

Das schöne Kind willigte in sein Begehr und sagte:

»Ja, aber drücke mich nur nicht.«

Als sie zusammen ihre Zufriedenheit erlangt hatten, brach Tiny in Tränen aus.

»Was hast du?« sagte Philibert.

»Deine Verlobte ist hier«, sagte die Kraftmaid, »die Pappel.«

»Wie kommt die unter uns ehrliche Leute?« fragte Philibert.

»Sie hat den Sarg geliefert«, sagte Tiny.

»Ich hörte schon früher, sie wolle in Möbeln machen«, sagte Philibert, »hatte ihr aber, angesichts des Materials, das sie verwendet, überhaupt keine Aussichten zugebilligt.«

»Ach«, sagte Tiny unter Schluchzen, »sie wird dich mit sich mitnehmen.«

»Unser neuer König Otto wird mich nicht hergeben«,

sagte Philibert, »er ist ein Feind aller Politik.«

»So ist es«, sagte Tiny. »Er nimmt die Sache rein menschlich, und er hat bereits dem Herzenswunsch der Pappel entsprochen und befohlen, dich, mit deinem Willen oder gegen ihn, in die Arme deiner Verlobten zu erstatten. Nichts als die Flucht bleibt dir noch übrig.« Sie schniefte stark mit der Nase. Sie setzte Philibert in ein Ruderboot, das für die Ausflügler bereit lag. Sie gab dem Boot einen Tritt gegen das Heck; unversehens fand sich Philibert auf dem hohen Meere.

»Wenn geflohen sein muß, dann komme ins Boot und fliehe mit mir«, sagte Philibert verstört.

»Wer sollte uns dann abstoßen?« sagte die junge Riesin und bekundete mit dieser Antwort, daß ihre Liebe in Wahrheit sittlich war, so wie sie es immer behauptet hatte.

Oben auf dem Steilufer erschien die Gräfin Pappel. Sie erspähte Philibert in seinem Ausflugsboot und rief mit flötender Stimme: »Kehre um, mein Verlobter, was willst du auf dem Meer, das Meer ist gefährlich.« Ein Rütteln durchlief das Steilufer. Es begann, sich hin und her zu bewegen.

Ein Beben verriet, daß die Insel ihre Tektonik hatte.

Wieder einmal schwankte der Staat.

Gezänk der Geister über den Wassern

Der Staat schwankte nach rechts. Der Riesenkönig, der ein Zwerg war, entsann sich, wie er seinen Vorgänger hatte regieren sehen, und lehnte sich aus dem rechten Turmfenster.

Ein widerwärtiges Knirschen erfolgte. Die Riesen riefen: »Majestät belieben das falsche Fenster.«

Der Zwerg Otto erschrak. Er begab sich zum linken Fenster, verschränkte seine Beinchen ums Fensterkreuz und hängte sich hinaus, so weit er irgend reichte.

Aber weil er fast nichts wog, konnte er dem Gewicht der Umstände keine eigene Schwere entgegenhalten. Der Staat fuhr fort, sich nach rechts zu neigen, und brach ab und kippte ins Meer.

Eine Flutwelle erreichte Philibert und überspülte seinen Scheitel. Als das Wasser von ihm abgelaufen war, fand er das Reich der Riesen versunken.

»Was für ein hübscher Anflug von einem Wald ist mit dieser Insel untergegangen«, dachte Philibert, »sie war schon fast kein nackter Felsen mehr.« Und er dachte wehmütig an Tiny, an ihre Jugend und ihre unverdrossenen Liebkosungen.

Dann sah er die Pappel.

Sie war, wenngleich wir das selbst nicht glauben mögen und ungern berichten, unertrunken geblieben und stand auf dem leeren Meer. Sie deutete drohend auf Philibert. »Kehre um«, befahl sie. »Wenn du nicht umkehrst, hole ich dich.«

Hui, kam da einer aus dem innersten Osten her über die Wogen gefahren.

Es war der Sturmkönig.

Er stand der Gräfin gegenüber, auch er fest auf dem Nichts.

»Lassen Sie Ihre zitterigen Finger von diesem Jüngling«, sagte er mit seiner tiefgrollenden Stimme. »Ich habe Großes mit ihm vor.«

»Er ist mir anverlobt«, keifte die Pappel. »Ich will ihn heiraten.«

»Ich will ihn an Sohnes Statt«, sagte Eostro ziemlich abschließend.

»Ihre Macht ist bloß Luft«, sagte die Pappel unbeeindruckt. »Besser, Sie einigen sich gütlich mit mir.«

»Eine Einigung zwischen uns«, sagte Eostro, »ist so unmöglich wie zwischen Baum und Wind.«

Die Pappel verwandelte sich in einen Baum. Die Falten ihres weißen Schleppgewandes bildeten ein Wurzelgeflecht und krümmten sich schlangenartig aus der Gischt. Ihre Arme wuchsen knisternd, an ihren gespreizten Fingern hingen die Sterne.

Der Sturmkönig verwandelte sich in einen Sturm. Erst wehte sein Bart, dann er selbst als flammenfarbene Luftgewalt. Er durchsauste in Schleifen den Raum, er wirbelte die Kometen auf wie Straßenstaub.

Sie nahmen die Gestalt von Welttatsachen an und zeigten sich als das, was sie waren: die Großmächte des Geisterreichs, die Fürstlichkeiten unter den Verallgemeinerungen.

So dehnten sie sich, jeder in seinen Himmel.

Auf der Seite der Pappel färbte sich das Himmelsgewölbe blendend weiß. Eostros Seite leuchtete granatapfelkernrot. An der Naht, wo die Hälften zusammenstießen, spielte sich ein Feuer von Blitzen ab und zuckte hinüber und herüber.

Philibert war beeindruckt. Er erkannte, daß es um keine kleinere Frage ging als um den Gegensatz von Stillstand und Bewegung. Er würde noch volle drei Tage lang nicht vergessen, daß ihm vergönnt gewesen war, die Welt in ihrer Entzweiung mit Augen zu sehen.

»Das All«, sagte die Großmacht Pappel, »hat nur Platz für einen von uns beiden.«

»Es wird sich herausstellen, daß ich der bin«, erwiderte die Großmacht Eostro. »Für den Augenblick will ich mich damit begnügen, meinen Schützling Philibert Ihren schlechtbegründeten Nachstellungen zu entziehen.«

Er packte Philibert mitsamt seinem Boot und hob ihn auf die Schulter, weit über die Wolken. In der Lage lassen wir unseren Helden vorerst hängen.

Der Mann auf der Planke, weiterer Fortgang: Die Gegeneinladung

Der Fregattenkapitän wunderte sich über die Begebenheiten seines gewesenen Herrn. Er beseufzte seine Leiden und konnte zugleich deren nicht genug vernehmen.

»Ich erzähle Ihnen meine Geschichte in der Hoffnung, sie zu verstehen«, sagte der Mann auf der Planke. »Indem ich mir vergegenwärtige, daß sie sich ereignet hat, rede ich mir ein, daß es eine Erklärung für sie gibt. Denn alles, was sich ereignet, läßt sich erklären.«

Er stellte sein Glas auf einer Schiffskommode ab, die auf dem Kajütenboden festgeschraubt war. Er erhob sich aus seinem Ohrensessel.

»Nun ich Ihre Einladung angenommen habe, mein guter Allan«, sagte er, »werden Sie mir meine Gegeneinladung nicht abschlagen.«

Der Kapitän folgte seinem Besucher auf die Planke und zu den Salamandern und mußte sich noch bedanken. Die Salamander zeigten sich ausgelassen über die Rückkehr ihres Opfers.

Sie hoben ein Ende der Planke mit ihren moosigen Rücken, um die Fahrgäste abzuwerfen. Sie sprangen in die Luft hoch und ließen sich auf die Planke fallen, um sie mitten entzwei zu brechen.

»Man hält sich an diesem Nagel fest«, erklärte der Mann.

Der Kapitän betrachtete unzufrieden den Nagel, der aus dem schwarz und schleimigen Holz der Planke ragte. »Er ist rostig«, wandte er ein, »er kann eine Blutvergiftung hervorrufen.«

Der Mann erwiderte:

»Wer würde zögern, sich an dem Nagel zu vergiften, an dem sein Leben hängt?«

Ein Salamander tauchte senkrecht aus der eisigen Tiefe

und schnappte und biß dem Kapitän eine Zehe vom Fuß.

»Teure Heimat«, jammerte der, »womit habe ich das verdient?«

»Ich erzähle Ihnen gerade, wie eine Million Riesen samt ihrer Insel im Meer ersäuft werden«, sagte der Mann auf der Planke, »und Sie erregen sich über einen Salamander, der Ihnen einen einzigen Zeh abbeißt.«

»Aber es ist mein leibhaftiger Zeh, den er abbeißt«, sagte der Kapitän, »kein erzählter.«

»Es waren auch leibhaftige Riesen, die ersäuft wurden«, sagte der Mann.

»Zugegeben«, sagte der Kapitän. »Aber keiner von ihnen war ich.«

»Wollen Sie jetzt Ihr Knie hochziehen«, fragte Philibert, »und den fernern Verlauf meiner Abenteuer vernehmen?«

»Was widerfuhr Ihnen«, sagte der Fregattenkapitän Allan Gagelbusch, »als Sie in Ihrem Ausflugsruderboot auf der Schulter des Sturms über den Wolken hingen?«

Die Oase Schönschein

Eostro lief im Sturmschritt über den Ozean, endlich warf er das Boot ab. Philibert landete mit Krachen. Um ihn herum gab es wieder nur Wellen und übrigens nichts zu sehen.

Aber das Boot schaukelte nicht.

Die Wellen waren Sandwellen, das Meer war das Sandmeer.

Die Gegend, worein es Philibert verschlagen hatte, war die Wüste Mondo, jene furchtbarste aller Einöden und Durststrecken, verglichen mit der die Steckpfahl-Wüste eine Wiese ist und die Kamelschädel-Wüste ein blühender Garten. Die Wüste Mondo ist der Ort, wo die Schakale neben einem toten Springbock Hungers sterben, weil sie die Kraft nicht haben, ihre Kiefer auseinander zu kriegen. Es gab in der ganzen endlosen Ebene keinen Tropfen Wasser. Die Ausnahme bildete ein Quell, der in einer Brunnenhöhle entsprang und natürlich poetischer Herkunft war.

Hier hatte die Tochter eines Flußgottes vor dem lüsternen Apollo Zuflucht gefunden und zum Dank den Quell gestiftet. Am Ufer des Quells war eine Oase entsprossen, die lag da und duftete, mitten in all dem Graus. Der Name der Oase lautete Schönschein.

Philibert war ein paar Tage in der Wüste herumgeirrt und kurz davor niederzubrechen. Da vernahm er ein Geräusch aus der Ferne. Das Geräusch war von einer solchen Gewalt des Mißtönens, daß es Tote hätte aufwecken können, und Philibert war noch nicht tot. Er hob den Kopf aus dem Sand. In der Richtung, aus der das Geräusch kam, sah er die äußerste Spitze eines Palmenblatts.

Wie jauchzte seine Seele, als er die Wüste Mondo hinter sich ließ und die Oase Schönschein gewann.

Sein Fuß durchwanderte grüne Auen und hüpfte über Wassergräben. Bald erreichte er die ersten Kaffeehäuser.

In den Kaffeehäusern saßen mit Schnattern die Äfferlinge.

Die Äfferlinge waren Menschenartige, welche die Oase Schönschein bewohnten. Sie nährten sich von Äfferlingsbrot und hausten in den Luftwurzeln. Sie waren eine glückliche Rasse. Wiewohl sie nie schliefen und dauernd den Saft herabgefallener Früchte soffen, der in der Sonne gegoren war, waren sie von unverwüstlicher Gesundheit und starben selten oder spät.

In der Mitte der Oase stieß Philibert auf den Erzeuger des Übelklangs, der ihn vom Tode gerettet hatte. Das Orchester der Äfferlinge gab eine Uraufführung. Der Tonsetzer selbst, ein besonders langarmiger Äfferling, schlug den Musikern den Takt.

»Dieser Kollege«, erklärte ein Äfferling, der auf einem

Stühlchen an einem Tischchen, beide von Wiener Geschmack, auf dem Gehsteig saß, »hat seiner Kunst ein großes Opfer gebracht. Er hat sich selbst die Trommelfelle durchstochen. Als er erkannte, daß er außerstande sein würde, Töne von solcher Neuartigkeit und Kühnheit zu erfinden, wenn er selbst sie würde anhören müssen, ist er lieber freiwillig ertaubt, als daß er abgelassen hätte, die Töne hervorzubringen.«

»Er hört die Musik nicht, die er leitet?« fragte Philibert.

»Anders wäre die ganze Richtung nicht durchführbar«, bestätigte der Äfferling.

Der Menschenfreund mit dem Enterhaken

Über den Ursprung der Äfferlinge haben wir das Wesentliche herausgebracht.

Es lebte vor Jahrhunderten ein edler Seeräuber, ein gewisser Jogoff. Er war grausam aus Güte und ein Pirat aus uneigennützigen Gründen. Er hatte seine Laune darauf versteift, sich der Perlenfischer und der Schwammtaucher anzunehmen.

So besegelte er, das Herz voll Blutdurst, den Kopf voll hoher Meinungen und Gesamtentwürfe, die Meere. Er brachte die Schiffe mit seinem Enterhaken auf und versenkte sie. Die Perlen und Badeschwämme, die in den Schiffen angehäuft waren, gab er den Perlenfischern und Schwammtauchern zurück. Diese Berufszweige fuhren fort, bei jungen Jahren der Auszehrung zu erliegen, aber jetzt doch, dank Jogoff, zwischen Perlen und Schwämmen.

Dann erschien ein Kaiser auf der Erde.

Seine Frau, die Kaiserin, hatte einen bildhübschen Brustansatz, und sie beschwerte sich bei ihrem Mann, daß sie keine Perlenschnüre mehr auftreiben konnte, um sich den Ausschnitt zu schmücken, und daß sogar die Schwämme, womit sie ihn wusch, unbezahlbar geworden waren.

»Jogoff«, sagte der Kaiser und runzelte die Stirn.

Er verfolgte den Piraten von Gewässer zu Gewässer, endlich drängte er ihn in die Mondo-Wüste zurück. Dort entdeckte der die Oase und hielt sich in ihr vor dem Kaiser verborgen.

In der Oase gab es ein Rudel von Pavianweibchen, Geschöpfe von schlechten Gedanken und aufforderndem Wesen. Die Äffinnen machten sich ans Werk, den Piraten zu verführen. Sie besuchten ihn zu allen Stunden des Tages und zeigten sich ihm her. Sie nahmen unzüchtige Haltungen ein, wobei in Betracht gezogen werden muß, daß diese akrobatischen Tiere ihren Körpern noch weit ausdrucksvollere Verrenkungen abzuverlangen imstande sind als die Menschenfrauen. Sie näherten sich Jogoff aus Richtungen, an die er nie gedacht hatte.

Jogoff, um seine Sinne abzulenken, setzte sich hin und schrieb ein tausendseitiges Buch, »Das Ich als Tatsache«.

Kaum hatte er das Buch beendet, tauchte er die Feder neu ein und änderte es um. Jetzt hieß es »Das Ich als tätige Sache« und war zweitausend Seiten stark.

Eine dritte, noch vollständigere Ausgabe, die er herstellte, trug den Titel »Das Ich als tätliche Sache«.

Diese Fassung hatte viertausend Seiten.

Als Jogoff die letzte Zeile der viertausendsten Seite niedergeschrieben hatte, griff er sich das blondeste der Baumweiber beim Brustfell und erlag ihrer Begehrlichkeit und trieb mit ihr, was er nicht hatte treiben wollen. Gleich anschließend vermischte er sich auch mit allen anderen.

Aus ihrem Schoß entsprangen die späteren Bewohner der

Oase. Sie waren, kurz gesagt, eine Kreuzung aus Weltverbesserer und Affe.

Dieser Jogoff, außer daß er der Stammvater der Äfferlinge wurde, war es auch gewesen, der das erste Kaffeehaus gegründet hatte.

Die Halbjungfrau

Nach so viel sittlicher Tüchtigkeit, wie er bei den Riesen erfahren hatte, tat es Philibert wohl, sich dem Schönen zu ergeben, und er besuchte regelmäßig die Kaffeehäuser. Er trug zum Geschwätz der Äfferlinge bei und äußerte sich zu ihren Lehrmeinungen.

»Als der höchste Zustand des Romans«, sagte er und kippelte mit seinem Wiener Stühlchen, »gilt der Reiseroman, in welchem der Held von einer Stufe der Bildung zur anderen geführt wird. Ich sage hiergegen, der höchste Zustand des Romans ist der Fluchtroman.«

»Auf der Reise«, sagte er, »lernt man Leute kennen«, (in der Aussage betonte er das Wort »Leute«). »Auf der Flucht aber lernt man die Leute kennen.« (Hier betonte er das Wort »kennen«.)

»Nur eine Fluchthandlung ist eine notwendige Handlung«, sagte er; »nur in ihr geht es um Kopf und Kragen. Der strebende Held ist der weglaufende Held.«

Die Äfferlinge nahmen ihn, obgleich ihm das Äffische abging, für einen der ihren. Denn die Äfferlinge lieben diese Art Äußerungen und geraten über sie ins Schnattern, wie wenn sie mehr wären als schmissig gereihte Wörter.

Philibert hatte sich mit einem krummbeinigen muskelbepackten Äfferling befreundet. Der übte die Kunst eines Steinmetzen und vermochte im Grund zwei Sätze.

Entweder trat er auf mit:

»Hast du Schnaps, ich hab Weiber?«

Oder:

»Hast du Weiber, ich hab Schnaps?«

Eines bestimmten Nachmittags aber gesellte er sich zu Philibert und begann das Gespräch mit einer neuen Eröffnung. »Ich habe eine Halbjungfrau zur Hand«, sagte er, »hätten Sie Lust auf eine?«

»Weshalb nicht?« sagte Philibert. »Es wäre einmal was anderes.«

»Welche Hälfte wäre Ihnen angenehm?« fragte der Künstler. »Die obere oder die untere?«

»Die obere«, sagte Philibert, »eignet sich vielleicht besser zum Kennenlernen.«

Die Halbjungfrau arbeitete als Künstlermodell. Die Oberhälfte bei einem Bildnismaler, die Unterhälfte bei Philiberts Freund, dem Steinmetzen, welcher ihr Gesäß für die ideale Frau benötigte; denn die war sein Thema. Da die Halbjungfrau in einundderselben Stunde zwei Künstlern saß, war sie nicht unvermögend.

Die obere Hälfte der Jungfrau war unbeschreiblich verdorben. Sie sog Philibert völlig aus und erschöpfte seine Kräfte. Er suchte, kalten Schweiß auf der blassen Stirn, den Steinmetzen auf und bat ihn um die untere.

Die untere Hälfte war mild und betulich; ihre Hinterbacken empfingen seine Aufmerksamkeiten unter gutmütigem Zucken. Mit der Zeit wurde sie anspruchsvoller. Sie gewöhnte sich, Forderungen zu stellen, und gab ihm alle Glieder voll zu tun.

»Ich weiß nicht, welche Hälfte ich vorziehe«, sagte Philibert zu dem Steinmetzen. »Wie man sie nimmt, von oben oder unten, gegen eine Halbjungfrau ist ein Vollweib nur ein Ruhekissen.«

»Sie sollten sich allmählich entscheiden«, sagte der Steinmetz.

»Es ist mir nicht gegeben, mich zu entscheiden«, erwiderte Philibert mit schleppender Zunge.

Neues vom Ripper

Die obere und die untere Hälfte der Halbjungfrau trafen sich gelegentlich auf einer Ausstellung oder bei einem der nächtlichen Äfferlingsfeste; übrigens pflogen sie keinen Verkehr und waren sich gleichgültig. Sie nahmen einander den vertrauten Umgang mit Philibert nicht übel, sie waren ja letztlich dieselbe Person. Aber da sie keinen Gesichtspunkt teilten, fehlte es ihnen am gemeinsamen Gesprächsstoff. Sie hatten keine Berührung mit einander, höchstens am Gürtel.

Eines Nachts ereignete sich ein haarsträubender Vorfall.

Die Oberhälfte lag mit Philibert zu Bett, den Kopf an seinem Halse. Falls es zwischen den Frauen und den Männern einen Unterschied gibt, so ist es der, daß die Frauen mit dem Kopf auf der Brust eines Menschen Schlaf zu finden vermögen.

Ihre Locken ringelten sich über das Kissen. Unter dem Deckbett heraus, denn die Nacht war warm, ragte ihr praller Busen in seinen grau und zartrosa Fleischtönen.

Eine Gestalt kam durchs offene Fenster gestiegen. Sie war schwarz gekleidet, das Gesicht war schwarz vermummt. In der Hand hielt sie ein Küchenmesser, welches nicht nur einen schwarzen Griff, sondern sogar eine geschwärzte Klinge hatte. Die Gestalt näherte sich dem Bett und warf einen haßerfüllten Blick auf die Schlummernde.

Dann stieß sie zu.

Sie stieß durch die Bettdecke, dorthin, wo sie die Fortsetzung des Opfers und in der die Schamgegend vermutete. Sie drehte die Waffe und wendete sie mit großer Kraft im angenommenen Gekröse. Sie zerschlitzte der Halbjungfrau, wie sie glaubte, ihr Weiblichstes und Eigentliches.

Nach der vermeinten Bluttat verschwand sie durchs Fenster und verlor sich im Nebel des kastalischen Quells, in Richtung, wie festgestellt wurde, des Hafens und der Lagerhäuser.

Ein Arzt und ein Detektiv wurden hinzugezogen.

»Der Täter besitzt zweifellos medizinische Kenntnisse«, sagte der Arzt zu dem Detektiv. »Aus den Schnitten in der Matratze erkenne ich, daß er den Unterleib der Dame, wäre derselbe zugegen gewesen, nach den Kunstregeln würde zerfleischt haben.«

»Den jungfräulichen Unterleib«, verbesserte die Oberhälfte.

Trotz allen aufgewendeten Scharfsinns konnte der Mordanschlag nicht aufgeklärt werden. Er blieb ein unverlorener Gegenstand der Neugier und des Grauens und gilt in der Oase für einen der besten Stoffe.

Die Ewigen Drei

Das Geschlecht der Äfferlinge war dreist und aufgeregt, aber alles in allem harmlos. Eine Ausnahme bildeten drei Äfferlinge, die mit einer ansteckenden Krankheit behaftet waren und darum von jedermann gemieden wurden. Sie tagten im Bodengeschoß eines Hinterhauses, wo sie Grundsätze erklärten und Gerüchte ausgaben. Die Bezeichnung, die sie sich gegeben hatten, lautete: die Ewigen Drei.

Dies waren die Ewigen Drei, einzeln genommen:

1. Der Dichter-der-in-seiner-Jugend-was-gedichtet-haben-sollte.

2. Die Tränenfeuchte.

3. Die Wiedergeburt. – Die Wiedergeburt hatte ihren Namen daher, daß sie in einem früheren Leben Richard Wagner gewesen war. Sie glich diesem Ausnahmemenschen vollkommen: in der Art zu denken, in der Art, Schulden zu begleichen, und natürlich in der Statur.

Die Tränenfeuchte hatte aus ihren Vorfahrinnen, jenen naiven Töchtern des Tierreichs, die ganze Fülle des Haarwuchses herausgemendelt. Sie hatte Haare im Hintern und auf den Brüsten. Merkwürdig war, daß der Dichter-der-in-seiner-Jugend-usf ihr, obgleich keine leibliche Verwandtschaft vorlag, ähnelte. Hätte er einen Schnurrbart gehabt, hätte er ausgesehen wie sie.

Am Tag, der auf den Mordversuch an der Oberhälfte folgte, saß Philibert mit der Unterhälfte bei Kaffee und Zwetschgenwasser auf dem Hauptplatz der Oase. Ein Gemurmel kam auf. Durch die Tische, die alle stark besetzt waren, liefen halblaute Ausrufe. Die Ewigen Drei betraten den Platz. Sie scheuten sich nicht, gesehen zu werden; sie gingen bei heller Sonne durch die Äfferlingsmenge, dort, wo sie am dichtesten war, und verbreiteten Unruhe und Entsetzen.

Dann stellte sich heraus, daß eine vierte Person mit ihnen war. Philiberts Unbehagen wuchs ins Äußerste; denn er erkannte in ihr keine andere als die Gräfin Pappel.

»Sie haben Besuch aus der Welt«, raunte es an den Nebentischen.

»Es ist ihnen gelungen, Aufmerksamkeit zu erregen.«

Die Pappel trennte sich von ihren Gefährten. Sie kam zu Philibert herüber und setzte sich zu ihm an den Tisch.

»Ich freue mich, mein Verlobter, Sie ohne Damenbegleitung anzutreffen«, hob sie an, »obgleich die Sitten hier, wie man sagt, lose sind.«

Das Mißverständnis rührte daher, daß die untere Hälfte der Halbjungfrau nicht bis zu dem marmornen Blatt des Kaffeehaustischchens reichte und also von oben nicht zu sehen war. Die Pappel fuhr fort:

»Nicht daß ich diese Art leichter Mädchen jemals zur Kenntnis nehmen würde. Welche anständige Frau wäre wohl eifersüchtig auf Künstlerinnen?«

Die Unterhälfte trat die Pappel gegen das Schienbein.

Die Pappel rieb sich den empfindlichen Knochen.

Sie nahm an, sie habe sich an dem eisernen Tischgestell gestoßen, und sprach weiter.

»Aber für jeden Mann, der ein gewisses Alter erreicht hat, wird es Zeit, erwachsen zu werden. Er findet zur Ruhe, und die Familie tritt vor das Vergnügen.«

Die Unterhälfte trat die Pappel abermals gegen das Schienbein.

Die Pappel ward ihrer Verstörung Herr und beendete ihre Ausführung und sagte:

»Was insonders ansteht, sind geschäftliche Gespräche über die Aufforstung Ihrer Wälder; ich verfüge über Kassenbelege, welche erweisen, daß nur Pappeln für den Besatz in Frage kommen.«

Die Unterhälfte trat die Pappel zum dritten Mal gegen das Schienbein.

Die Pappel schrie: »Au!«

Philibert lachte.

Die Pappel unterdrückte einen unbestimmten Verdacht und einen starken Zorn. »Eines Tages werden Sie die Beständigkeit meiner Liebe würdigen lernen«, sagte sie schmachtend und rieb sich die Vorderseite des Unterschenkels, wo sich im Fleisch ein blauer Fleck und im Strumpf eine Laufmasche gebildet hatten.

Seit sie in der Gesellschaft des ausländischen Besuchs beobachtet worden waren, änderte sich das Ansehen der drei kranken Äfferlinge. Sie verließen das Abseits, worin sie lebten. Sie wurden wieder gegrüßt.

Da indes im Äfferlingsvolk kein anderer Gruß bekannt ist als der Kuß auf den Mund, steckten die Ewigen Drei viele an. Die Keime der Krankheit, an der sie litten, übertrugen sich von Äfferling zu Äfferling. In fast keiner Zeit war die ganze Oase Schönschein von der Seuche ergriffen.

Die Äfferlingsseuche äußert sich zunächst in einer starken Müdigkeit und Lust an traurigen Gegenständen. Ein zweiter Schub bewirkt die Einstellung jeglicher Arbeit. Der dritte Schub, dem dann nur noch der Tod folgt, ist schrecklich. Die Äfferlinge fletschen die Zähne, giftiger Speichel enttropft ihren Lefzen. Sie sind immer bissig gewesen, aber jetzt beißen sie, um zu töten.

Die Äfferlinge von Schönschein befanden sich kurz vor dem dritten Schub, und es stand in ihren Mienen geschrieben, daß sie den Gedanken nicht mehr ausschlossen, Philibert zu zerreißen. Da ihm seine Haut so lieb war wie dir, verehrter Leser, deine, verließ er die Oase, obgleich das nichts Ungefährlicheres bedeutete als die Notwendigkeit, wieder die Wüste Mondo zu durchqueren.

(So wurde er der einzige Bürger von Schönschein, der überlebte, mit Ausnahme der Halbjungfrau, die auf eine Zeitungsanzeige geantwortet und einen Vikar aus Philadelphia im Kreis Beeskow geheiratet hatte. Wir schieben das hier ein, um es erledigt zu wissen. Der Vikar pflückte ihre Mädchenblüte. Er freute sich ihrer Unversehrtheit, und er übersah das Wenige, das er später an ihr auszusetzen fand, darum, daß sie das Kostbarste, das eine Frau zu geben hat, für ihn bewahrt hatte.)

Alle anderen Äfferlinge brachten sich um, teils selbst, teils einander.

Philibert ließ die Kaffeehäuser im Rücken stehen. »Sonderbar«, sagte er, »so wie ich noch unlängst, die Wüste durchwandernd, nicht erwarten konnte, die Oase zu gewinnen, kann ich jetzt nicht erwarten, aus der Oase in die Wüste zu kommen.« Und seine Seele jauchzte, als die äußerste Spitze des höchsten Palmblatts unter dem sandigen Augenkreis versank.

Vierzig Tage lang schritt er hoffnungsfroh durch wasserloses Gelände. Wenn ihm Durst und Sonne zu schaffen machen wollten, sagte er jedesmal:

»Wärest du lieber wieder bei den Äfferlingen?«

Am einundvierzigsten Tag seiner Wanderung gelangte er zu einem Vorgebirge, das mit seinem südlichen Rand ins Meer abfällt und in den Landmarkenbüchern als der Berg Teltow verzeichnet ist.

Berg Teltow

Der Lehmboden und die starke Sonnenbestrahlung seines Südhangs hatten den Berg Teltow zu einem Anbaugebiet für Rüben gemacht. Der Geschmack dieses Gemüses war auf der übrigen Welt unerreicht.

Die Rübenbauern waren mürrische Leute. Sie kümmerten sich um ihre Rüben und um die Mathematik. Sie hatten nicht nur den Inhalt der Kugel aus ihrem Durchmesser errechnet, sondern auch den der Rübe, einbegriffen den Schwanz.

Von ihnen stammt die gesamte Lehre von den Rübenschnitten.

Das Geschnatter der Äfferlinge noch im Ohr, gefiel

Philibert das abweisende Wesen dieser wortkargen Leute mit den lehmigen Schuhen. Er entschloß sich, bei ihnen seine Tage zu beenden. »Es ist nicht möglich, noch weniger vom Geschick zu verlangen«, dachte er mit einem leichten Hochmut. Denn in der Entsagung glücklich zu sein, fühlte er sich nach allem, was er durchgemacht hatte, reif.

Auf einem seiner Ausgänge berührte er ein Borkenhaus, in dem wohnte ein Klausner mit seiner Tochter.

Der Klausner lebte als Backwoodsman dem Studium der vernünftigen Meinungen, welche die Griechen, die Engländer und gewisse Deutsche der Menschheit hinterlassen haben. Die Ergebnisse seiner Studien schrieb er in Schönschrift auf saubere Blätter, heftete sie sorgsam zu Bündeln und schloß sie in eine Kiste weg, die er unter dem Bett stehen hatte. Er hatte sich von allen vernachlässigten Weltgegenden den Teltow zum Ort seiner Hinterwäldlerei gewählt, weil er nichts lieber aß als die dortwachsenden Rüben, vorausgesetzt, sie waren gepflegt und hatten keinen Frost abbekommen. So sehr er die Menschen mied, suchte er die Rüben.

Philibert lobte dem Backwoodsman gegenüber die Tochter. »Ihre Sonette im Stil des Petrarca sind so außerordentlich wie die von ihr angefertigte gegliederte Liste der Wolkenformen«, sagte er.

»Ja«, sagte der Klausner, »aber Sie sollten nicht unerwähnt lassen, wie reinlich sie die hiesigen Rüben putzt.«

Und er fügte hinzu:

»Wer seine Zeitgenossen um Haupteslänge überragt, hat wohl das Recht auf ein wenig Naschhaftigkeit.«

Und dann lehnte er sich zurück und verkündete:

»Ich habe eine Verwendung für Sie, Doktor.«

Tatsächlich besaß Philibert den Doktortitel, welcher im Waldreich Ur an jeden männlichen Bürger beim Überschreiten des sechzehnten Lebensjahres ohne weiteres vergeben wird. Aber der Klausner bestand darauf, ihn zu benutzen.

»Sie werden von nun an meine Äußerungen mitschreiben«, erklärte er, »welche ich ganz unbefangen tun werde; denn ich vergesse diese Unterredung sofort und werde nichts davon, daß einer meine Einfälle festhält, wissen.«

»Aber wird, o Vater«, wandte Philibert ein, »mein Sinn würdig sein, so hohe Gedanken aufzunehmen und richtig zu erfassen?«

»Keine Sorge, Doktor«, versetzte der Klausner. »Natürlich sehe ich Ihre Aufzeichnungen jeden Morgen durch.«

»Verstehe«, sagte Philibert zu dem Backwoodsman, »aber könnten Sie nicht wenigstens bitte sagen?«

»Ich bin schon in dem Alter, in dem man keine überflüssigen Wörter mehr ausspricht«, sagte der.

Die Tochter des Backwoodsman

Die Tochter des Backwoodsman war eine langnackige Schönheit. Ihre Augen waren blau, die Haare über ihrer hoch sich wölbenden Stirn mit den klugen Falten waren von jenem rauchfarbenen Dunkelgelb, welches in Ur niemals angetroffen wird, weil es mit den Mitteln der Scheidekunst, die in Flaschen verkauft werden und mit denen das Reich Ur seine Frauen einfärbt, sich nicht erzielen läßt.

So wandelte sie, still, weiß und schmächtig, die Andeutung eines Busens im Hemde. Sie hatte, bei einem Vater wie dem ihren aufgewachsen, das menschliche Wissen gleichsam mit dem Breilöffel aufgenommen. Sie war durch und durch gelehrt und kannte es nicht anders. Sie berechnete die Verfinsterungen der Sonne, des großen Bären und anderer Gestirne. Sie wußte von allen Dingen den Ursprung und von allen Ereignissen, wie sie zustande gekommen waren.

Philibert liebte das sinnreiche Mädchen.

Aber eine Scheu hielt ihn ab, von seiner Liebe zu sprechen. Er spielte gelegentlich darauf an; sie indes, die alles begriff, begriff diese Anspielungen nicht.

So lebten sie in hochstehender Zuneigung und wie im Geist verschwistert. Sie saßen Wange an Wange und durchforschten die Handschriften des Klausners nach Schreibfehlern. Der Klausner dämpfte seinen Schritt, wenn er durchs Zimmer kam.

»Lassen Sie sich nicht stören, Doktor«, sagte er.

Endlich, der Frühling und der halbe Sommer waren ins Land gegangen und die Rüben gediehen der Ernte entgegen, ermannte sich Philibert. Er wurde in seinen Anspielungen deutlich und verlangte mehr.

»Mehr?« fragte die Tochter des Backwoodsman verwundert. »Was denn noch?«

Philibert erklärte es ihr.

Sie durchdachte seine Erklärung.

Nach ungefähr einer Stunde stellte sie ihm die Frage, zu der sie beim Denken gelangt war.

»Ist denn, was du mir vorschlägst, dieses Körper an Körper, vernünftig?«

»Gewiß nicht«, erwiderte Philibert. »Aber spricht etwas dagegen, Unvernünftiges zu tun, wenn es so ungemeine Freude bereitet?«

Die Tochter des Backwoodsman durchdachte drei Stunden lang die Antwort und sagte:

»Ich finde keinen Grund, dich nicht zu lieben.

Sie schlug ein gellendes Gelächter auf. Sie faßte in Philiberts Hose und schielte vor Vergnügen über das, was sie dort fand. Sie knabberte an Philiberts Teilen, den hierfür geeigneten und den ungeeigneten. Sie liebte unerschöpflich und unermüdlich.

Sie küßte ihn aufs Kinn und rief: »Was beweist das?« und kicherte heftig.

Sie steckte ihm ihren niedlichen Finger ins Nasenloch

und rief: »Was beweist das?« und kicherte heftig.

Sie umwickelte seinen großen Zeh mit ihrem ungefärbten Blondhaar und band sich mit einem Knoten an ihn fest und rief: »Was beweist das?«

Und sie strampelte mit den Beinen und wollte sich vor Lustigkeit ausschütten.

In den Wissenschaften hatte sie keinen Witz verstanden. In der Liebe verstand sie keinen Ernst.

Philibert, gewohnt, daß die Frauen mit ihm umsprangen, trug auch ihre Art zu lieben mit Gelassenheit. »Das weibliche Geschlecht«, redete er sich zu, »ist ein kraftvolles und das männliche wird sicher auch zu irgendwas gut sein.«

Die tote Pappel

Auf einer schrägen Stelle der Natur, an welcher drei Rübenäcker aneinander stießen, stand eine tote Pappel. Die Pappel war seit siebzig Jahren tot und immer noch sehr groß. Pappelholz verwittert schnell, fast über Nacht; man möge ermessen, wie groß sie vor siebzig Jahren hatte gewesen sein müssen.

In ihren schwarzen Ästen sah man die Reiher auffliegen und landen. Denn der Teltow ist reiherreich, und der Reiher nimmt seinen Aufenthalt gern in abgestorbenen Bäumen.

Der Stamm der Pappel warf einen tiefen Schatten, in den hatte sich der Klausner zurückgezogen. Man sah ihn sitzen und den Einsichten der Menschheit neue und richtigere hinzufügen. Philibert und seine Liebste vergnügten sich auf dem Rasen vor dem Borkenhaus.

Der Liebsten war eingefallen, Philiberts Ohrläppchen in ihren Fingerhut zu tunken. Diese Handlung erfüllte sie mit

Entzücken, und sie wiederholte sie nicht weniger als zweitausend Male.

»Sei nicht so albern«, sagte Philibert.

»Du tadelst deine Liebste?« sagte die. »Du selbst hast mich gebeten, Unvernünftiges zu tun.«

»Ich bin der geduldigste aller Männer«, sagte Philibert, »aber so viel Unernst bin ich nicht gewachsen. Erst findest du beim Liebesspiel nicht den Anfang, dann nicht das Ende.«

»Ich liebe dich eben«, sagte das zarte Geschöpf.

»Du liebst mich«, sagte Philibert nachgiebig, »aber unreif.«

»Ich will von dir in Ruhe gelassen sein und zu meinem Vater«, sagte die Tochter des Backwoodsman. Sie eilte den Berg hinauf, indem sie den Furchen zwischen den Rübenblättern folgte. Sie erreichte den Klausner und umschlang seine Knie und barg den Kopf in seiner Kutte.

In dem Augenblick brach der riesige, aber unfeste Pappelbaum zusammen. Er erschlug beide, den Vater und die Tochter. Die Reiher flatterten in den Himmel empor und gaben mißbilligende Rufe von sich.

Beim Begräbnis baten die Rübenbauern Philibert, die Rede zu halten, wozu sie sich, sagten sie, nicht eigneten.

»Ich habe in meinem Leben zwei Männer bewundert«, sagte Philibert, »den König der Riesen und den Backwoodsman. Beide wurden von einem jähen, gewaltsamen und grundlosen Mißgeschick dahingerafft, so als wolle man uns die Vermutung nahelegen, daß die physische Welt große Männer nicht duldet.« Dann wollte er auf die Tochter zu sprechen kommen.

Aber die Rübenbauern erklärten, sie müßten zur Arbeit. Sie gingen in ihren Bratenröcken nach ihren Feldern hin.

Philibert war vom Unglück noch nicht soweit vertrottelt, daß er seine Ansprache über den Punkt hinaus fortgesetzt hätte, an dem ihm keiner mehr zuhörte.

Philibert blieb auf dem Berg Teltow und bei seinen Verstorbenen. Er goß ihre Gräber und hütete die Kiste mit den Gedanken. »Ist es hier nicht trauriger als anderswo«, dachte er bei sich, »ist es doch vernünftiger.« Die Rübenbauern hörten nicht auf zu brummen, aber sie gewöhnten sich an seine Anwesenheit, so wie sie sich mit der Anwesenheit des Klausners abgefunden hatten.

Eines Tages schwebten, vom Meer her, längliche weiße Bäusche in der Luft. Sie fielen zu Boden. In den gruben sie sich mit unglaublicher Geschwindigkeit, wie bleiche Würmer.

Dort, wo sie sich eingegraben hatten, entstand eine Pflanze. Besonders üppig entfalteten sich die fremden Gewächse in den Rübenäckern. Die sahen ungepflegt aus und von Stengeln verdorben.

Die Bauern riefen: »Zu den Waffen.«

Sie liefen zusammen und scharten sich um schuppenartige Verschläge, die sie die Küste entlang aufgestellt hatten, und entfernten die Schlösser und Riegel. Sie waren, erwies sich, auf den schlimmen Fall vorbereitet. In jedem Verschlag befanden sich ein Faß und ein Vorrat von Hacken. Mit den Hacken gingen sie den Pflanzen zu Leib und rodeten sie aus den Äckern.

Fern draußen auf dem Ozean sah Philibert Schiffe auftauchen. Es war die Kriegsflotte von Ur. Das Linienschiff, welches die Flotte anführte, hieß »König von Ur«, aber das war nicht ernst gemeint. Auf dem Hinterdeck stand die Gräfin Pappel.

»Ich hole nur eben meinen Verlobten ab«, rief sie. »Gebt ihn heraus, sonst gibt es Krieg, und ich will keinen Krieg.«

Die Bauern antworteten nicht. Sie waren, wie wir mehrmals betont haben, schweigsam.

Statt dessen öffneten sie die Fässer, welche einen hellen Rübenbrand enthielten. Sie taten bedächtig ihren Schluck und setzten den Widerstand gegen die Bäusche fort.

Aber die weißen Wolken des faserigen Zeugs schwollen an und verdichteten sich zu einem Nebel. Die Pappel hatte alle ihre weiblichen Verwandten mitgebracht. Auf der Brücke jedes Schlachtschiffs stand eine. Und jede warf ihren Samenwirbel in den Wind, der trug ihn in Richtung Teltow.

Die Pappeln fruchteten.

Durch die Luft war kein Durchblick mehr. Die Flecken tanzten wie in einem Schnee von Irrsinn. Der Kampf wurde sehr hart. Der Schnaps drohte schneller auszugehen als die Pappelsamen. Die Fortpflanzung und Vermehrung der Pappel nahm ihren Lauf, überall schob sich das hölzerne Unkraut aus der Erde.

Philibert erinnerte sich an den Untergang der Rieseninsel und daran, wie ihm damals der Sturmkönig Eostro zu Hilfe geeilt war. Ihm fiel auf, daß er von dem Sturmkönig lange nicht gehört hatte. »Auch er wird müde geworden sein«, murmelte er mutlos im Gehirn.

Hui, kam da einer aus dem innersten Osten her über Land gefahren. Es war der Sturmkönig und keineswegs müde.

Er peitschte auf die Pappel und ihr Geschwader ein. Die Weiber und die Schiffe legten sich flach und berührten fast die Wogen. Der unbeschreibliche Sturm, den er aufregte, wehte die Samen zurück und nach Westen fort. Die Luft war augenblicklich wieder rein.

Freilich weil der Stern, auf dem wir leben, rund ist, umkreisten die Pappelsamen mit dem Sturm die Erde und kehrten von Osten wieder. Und da an der Ostküste des Vorgebirgs keine Schuppen errichtet und keine Maßnahmen vorgesehen waren, fielen sie hinter den Kämpfenden ein, dort konnten sie unbehelligt wurzeln und schießen.

»Was tun?« sagte Philibert zu Eostro.

»Gar nichts«, versetzte der Sturmkönig. »Ein Mann von Ehre weiß, wann er geschlagen ist.« Mit dieser spruchartigen Begründung trollte er sich. Er kniff sich seinen Sturm zwischen die Beine und verkroch sich in seinen Osten.

Die Samen der Gräfin gingen auf und wuchsen heran und überzogen das Schlachtfeld. Bald wölbte sich der ganze Berg Teltow als ein Wald ragender Pappeln, ein zischelnder Dom.

Die überlebenden Rübenbauern erkannten, daß die Pappel gesiegt hatte. Sie verfuhren nach dem Gebot ihrer makellosen Vernunft. Sie huldigten der Schönheit ihrer Feindin und vor allem ihrer Tugend. Sie erhoben keine Einwände gegen ihre Verlobung mit Philibert, und sie unterstellten den Berg Teltow ihrer Grafschaft. Seither werden auf der Krume unseres Planeten keine Teltower Rüben mehr gezogen.

Philibert rettete sich vor der Vollstreckung der Verlobung, indem er im Schutze der Nacht die schmale Landbrücke, welche das Vorgebirge mit dem Festland verbindet, überschritt. Nach einer Reihe von Zufällen, die seinem Leib manchen Schaden zufügten, ohne daß sie seiner Seele den mindesten Gewinn eingebracht hätten, war er auf die Planke im Salamandermeer gelangt, auf der wir ihm begegnet sind und auf welcher wir ihn, um der Darstellung seiner Begebenheiten Raum zu geben, für eine bestimmte Weile verlassen haben.

Der Mann auf der Planke, Aufschlüsse und Schluß: Die Festnahme

»Das ist das, was ich weiß, weil ich es erlebt habe«, sagte Philibert zu seinem Besucher, der mit nassem Hosenboden auf der Planke kauerte und am Hintern fror. »Einige Stellen meiner Lebensgeschichte wieder sind mir dunkel geblieben. Ich hatte wohl Zeit, sie zu durchgrübeln, aber es mangelte mir an zwei oder drei unerläßlichen Tatsachen.«

»Legen wir unsere Kenntnisse zusammen«, schlug der Fregattenkapitän Allan Gagelbusch vor. Philibert sagte:

»Der Ripper, denke ich mir, war die Gräfin.«

»Natürlich«, sagte der Kapitän.

»Aber wer«, sagte Philibert, »stieß den Riesenkönig über die Klippe?«

»Derselbe«, sagte der Kapitän, »der den Backwoodsman mit dem toten Baum erschlug.«

»Eostro?« fragte Philibert.

»Besagter Wind«, bestätigte Allan Gagelbusch.

»Es ist anders nicht erklärlich«, sagte Philibert kaum überrascht. »Aber weshalb?«

»Er hatte beim Krieg um den Berg Teltow eine Entdeckung gemacht«, erläuterte Gagelbusch, »die, daß die Erde rund ist. Sein Vertrag mit Ur hatte besagt, daß alle Länder, die den seinen gegenüber lagen, dem König von Ur gehören sollten. Nun stellte er fest, daß seine eigenen Länder seinen eigenen Ländern gegenüber lagen und also dem König von Ur gehörten. ›Ein Ball‹, so der Wortlaut, den er bei seiner Unterwerfung fand, ›läßt sich nicht teilen, und wer auf einer Kugel bläst, bläst sich ins Genick.‹«

»Das klingt überzeugend«, sagte Philibert.

»Das war die Absicht«, sagte Gagelbusch.

»Es ist nur«, sagte Philibert, »daß die beiden erwähnten Untaten, der Sturz des Riesen und die Erschlagung des

Klausners, sich vor der verlornen Schlacht ereigneten, die zu dieser Überlegung geführt haben soll.«

»Hinzu tritt«, sagte Gagelbusch, »daß die Gräfin Pappel dem Sturmkönig Eostro fünfzig Lastesel voll Gold versprochen hatte, dafür, daß er sich entschlösse, ihre Partei zu nehmen.«

»Fünfzig Esel«, sagte Philibert. »Das ist viel.«

»Bekommen hat er fünf«, sagte der Kapitän, »und auch die nur voll gehackten Silbers. Aber er hatte sich einmal mit ihr eingelassen. Er arbeitete für sie, und auch alle seine geheimen Diener.«

»Der Hofzwerg Otto?« mutmaßte Philibert.

»Oh ja, er gehörte zu ihnen«, sagte der Sohn seines ehemaligen Waldhüters, »und auch die Ewigen Drei, welche sich den in Ur hergestellten Erreger der Seuche, mit der sie die Äfferlinge und heldenhafter Weise sogar sich selbst zum Erliegen brachten, hatten einimpfen lassen. Ich erinnere mich, beim anschließenden Staatsbesuch ...«

»Eostro kam wieder nach Ur?« unterbrach Philibert.

»Das tat er. Das Gipfeltreffen war eine genaue Wiederholung jenes, das durch den Auftritt der Pappel in Mißklang geendet hatte; auch die Bären, die Feen und die Eunuchen waren wieder dabei, freilich inzwischen stark gealtert. Aber Eostro hielt eine beachtete Rede vorm Haus der Bäume, das noch immer ›der Mischwald‹ genannt wird, obwohl es fast ausschließlich aus Pappeln besteht, und man stülpte ihm zwölf Doktorhüte auf seinen Brausekopf. Eine besondere Veranstaltung nun, an die ich mich, wie gesagt, erinnere, galt, in allergrößter Vertraulichkeit und unter Ausschluß sogar der Presse, dem ehrenden Gedenken von Eostros verdeckten Kämpfern an der geheimen Front; es waren eben Otto, die Ewigen Drei und ...«

»Noch einer?« fragte Philibert.

»Und ich«, sagte der Fregattenkapitän Allan Gagelbusch; »denn ich habe dem Sturmkönig im Stillen gedient, so wie mein Vater seinem Vater gedient hat und mein Großvater seinem Großvater.« Er änderte seinen Ton, so daß der eine trockene Schärfe annahm und sagte: »Im Namen der Frau Gräfin Pappel: Dieser Mann, ihr Verlobter, ist in Verhaft zu nehmen.«

Zwei Schaluppen mit Seesoldaten lösten sich von der »Rennvogel«.

Da öffnete der älteste und verworfenste der Salamander den Mund, aus dem es dermaßen roch, daß selbst die übrigen Salamander ungern mit ihm verkehrten und lieber einen Bogen um ihn schwammen. Er bewegte seine mit Entenmuscheln bewachsene Zunge gegen die fauligen Zahnstümpfe; Tränen rannen aus seinen Augen, deren eines mit weißem Eiter unterlaufen war und das andere überhaupt blind; die Worte aber, die er mit Krächzen und Schmatzen hervorbrachte, lauteten:

»Ihr Schicksal, mein Herr, füllt mein Herz mit Erbarmen; wenn Sie mir bitte folgen wollen.«

Philibert bestieg den Rücken des Salamanders. Der trug ihn sicher, und ihrer beider Gestalten verschwanden hinter dem rauchenden Grat des Eisbergs, dessen schwefelfarbene und blaue Flammen in der endlosen Nacht des Nordens ihr Weniges an Licht ausrichteten.

Inhalt